# 家族って

しまおまほ

河出書房新社

# 家族って

目次

## 第一章　家族って

## 第二章　そして、彼らと

# 家族って

# 第一章

## 家族って

# 母になる私に

「あなたが結婚するような人だとは前から思っていなかった」

わたしが未婚で子どもを産むと決めたその場で、母がそう言ったからわたしはとても驚いた。順調とはいかずとも、いずれは結婚して、子どもを産むだろう。そんなわたしの将来を母が描いていると思い込んでいたから。

母も妊娠時には独身であった。出産とほぼ同時期に父と結婚したそうだ。父曰く「出生届に婚姻届が紛れているのに気づかずウッカリ入籍した」そうだが。

そんないい加減な話は昔からいくつもある。トクコさん（母のこと）は今も昔も〝ヤリ友〟なんだとか、マホは元カノに似ているので彼女の卵子が先っちょにくっついてトクコさんの子宮に入ったのかもしれないとか……。

父はそうやって自分のことを冗談ついでによく話していたけれど、意外と母は自分を語らない。食事の味、洋服の穴の繕い方、写真家として。三〇年以上そばにいて少しはわかっているつもりだったけれど。ふと「昔ウクレレを練習していた」なんて思い出話をポロッとすることがあって、そんな時は父の奇妙な話よりも、大切に聞き入ってしまう。

結婚するか、しないのか。自分を欺くような人生を送りたくはない。わたしは悩んでいた。父は二人きりの時話してくれた。

「トクコさんも長く付き合った人がいたけれど……絵描きのね、かっこいい人」。何故その人と別れて八歳年下の父と一緒に？　首を傾げるわたしに「さあ……頭が薄くなったからって言っていたかな」と、父は笑った。初めて聞く、ウクレレ以外の母の過去。

わたしも冗談めかしてなら自分のことを話せる。でも、本当の自分は、いつもどこかに隠したままだった。

何も話さないまま妊娠して、しかも結婚したくないと言い出す娘を前に、母は困惑しただろう。

そして、しばらく黙った後に言ったのだ。

「結婚するような人だとは思っていなかった」

なぜそう思っていたのか、その時は聞くことができなかった。今、改めて聞いてみようか。いや、もう答えはわかっている。

「え？　ワタシ、そんなこと言ったっけ？」そう言うに、決まっている。

# かた焼きそばの春

梅の花が満開だった。春休み中のわたしはキッチンで家族と昼食をとっていた。いつもと変わらぬ昼下がりだ。そこへ、電話の呼び出し音が響いた。同級生の石井くんから。様子が少しおかしかった。

「ねえねえ、見た？　アレ、あの、アレ、見た？」

石井くんが取り乱している。

「なあに？」

どうせクラスの誰と誰がデートしてたとか、ワイドショーのニュースとか、そんな話題だろうと思っていた。すると、

「留年通知！　ボクとマホちゃん、四年生になれないみたい！」

「……えっ」

全身の血の気がサーッと足の先、手の先、頭の先から抜けていった。部屋の机に放り出したままだった学校からの封筒には、留年通知が入っていたらしいのだ。てっきり例年の進級通知と学

れど……。

費の請求書だとばかり思っていた。ただ、今年のはいつもより厚みがあるな、と思ってはいたけ

ジットリと汗ばむ手でＰＨＳを耳にあてたまま両親の方に目をやると、彼らは楽しそうに話しながら、かた焼きそばをつついている。かた焼きそばは、母の得意のメニュー。野菜たっぷりのあん。麺は二度揚げしているので香ばしさが違う。

ハッと我に返ると後悔やら焦燥感やらが襲ってきた。新学期、どんな顔をして登校すればよいのだ。学校外の知人、友人にはどう報告すれば？　なにより、目の前にいる親に……。

電話を切ると、心が空気の抜けた風船のようにシュルシュルとしぼんでしまい、切り出す勇気を完全に失っていた。「ゴチソウサマ。……ちょっと、買い物に行ってくる」家にいるのも落ち着かず、近所を自転車でグルグル回って、何度もシミュレーションをした。

「何をやっているんだ！」

「もう知りません！」

「やめちまえ！」

どんな言葉で叱責されるのだろう。

そして、一時間後。家に帰ると両親はまだ台所にいて、今度はお茶でオヤツを食べていた。

「あの……」

「なによ」

いつもの母の「なによ」が、怒気を含んでいるように思えて尻込みした。それでも喉の奥から言葉を振り絞った。

「もう一回……、三年生をすることになった……」

一瞬空気が止まるキッチン。そして父が一言。

「アホ」

あれから一五年。毎年我が家で行われるクリスマスパーティーにやってくるのは留年したクラスの友人・ミホちゃん・アコちゃん・ヨッキュン。留年から卒業まで、本当に楽しい二年間を過ごした。

「留年してよかった!」

そう言うわたしに、父も母も、

「アホ!」

と言い放つのだ。

# おじいちゃんの節分

節分の鬼といえば、我が家では同居していた母方のおじいちゃんの役割だった。

「じゃあ、やるか」

夕食後、家族の誰かが豆の袋を取り出し、オマケのお面をおじいちゃんに渡す。するとおじいちゃんはそれを持って玄関を出て、ほんの少し間を置き、鬼になって家の中へ入ってくる。

「がおー」

いつものおじいちゃんのベージュのカーディガンと胸元のループタイ、コールテンのズボン。足に突っかけた茶色いゴムサンダル、鬼の目の奥に見える優しい目。その鬼はどこから見ても〝うちのおじいちゃん〟だった。白髪頭から資生堂の「ＭＧ５」の香りが漂う鬼に、豆を思いきりぶつけて成敗しようという気持ちにはとてもなれなかった。

ラグビーとマラソン観戦が趣味で、テレビはＮＨＫしか観《み》なかったおじいちゃん。チャップリンとヒッチコックが大好きだった。

明治うまれのおじいちゃんお得意の怪談があった。子どもの頃、夕方になると決まって外からこんな声が聞こえて八人兄弟は団子になって震え上がっていたという。「今夜、喰《く》う〜。今夜、喰う〜」その正体は……。

「行商人の『こんにゃくぅ〜』が『今夜、喰う』に聞こえたのでした……おしまい」

子どもながらに、おじいちゃんの怪談はオチも弱いし、凄《すご》みに欠けているなと思っていた。言葉遊びとしては面白いけどね、なんて生意気に。

そんなおじいちゃんが寝たきりになり節分の鬼役を引退した後、父がそれを継ぐと思いきや。節分の芝居は廃止され、家の各部屋をまわって豆をまくスタイルに変わった。

「鬼はー外、福はー内」

介護ベッドで横になったおじいちゃんの部屋にも、

「鬼はー外、福はー内」

「はい、ありがとう」

お礼を言う元鬼役のおじいちゃん。

近頃は、節分に豆まきの声があまり聞こえなくなった。おじいちゃんが鬼役をやっていた頃は、二月三日の夜になると「鬼は外」のかけ声があちらこちらからしたものなのに。

おじいちゃんが亡くなった後は、我が家の節分は玄関のドアを開けて豆をまくだけの簡略化されたものとなった。初めのうちは家族で声を揃《そろ》えてやっていたが、それもなくなって、

「マホ、豆まきやっておいて」

しかし今年からやらなくて良い、ということには決してならない。父と喧嘩《けんか》した日もばつの悪い思いをしながら、ちゃんと豆をまいた。旅行で豆まきをしなかったことがあったが、その年はしばらく居心地が悪かった。

豆を用意して玄関に立つと、祖父がお面を持って外へ出る背中を思い出す。

豆をまいた次の日。玄関や道路に散らばった豆を飼い犬のマクが喜び勇んで食べてまわる。植木の陰から傘立ての裏から、二、三日で一粒残らず綺麗《きれい》に食べてくれる。おじいちゃんの鬼がいなくなり、豆掃除の犬マクが登場した。

なんだか、そういう昔話みたいだ。

# 名瀬で一番古い家

父方の祖母の故郷である奄美大島《あまみおおしま》へ行くのは年三回。三月二五日の祖母の命日、〝節踊り〟のある八月末、一一月一二日の祖父の命日だ。今年も、先月末に両親、息子と共に奄美を訪れた。例年なら命日には教会でミサが開かれるのだが、復活祭直前の「聖金曜日」はキリストの受難日で、一年で唯一ミサを執り行わない日のこと。代わりに〝追悼の祈り〟を奄美市名瀬《なぜ》にあるマリア教会で捧《ささ》げた。

奄美での一番の楽しみは親戚の和《かず》ちゃんに会いに行くことだ。和ちゃんは祖母の従姉妹。父の育ての母でもある。若い頃の祖母が祖父を伴い入院生活を送っていた時期に、父と父の妹の面倒を見てくれていたのだ。祖母の入院生活は祖父・島尾敏雄《しまおとしお》の小説『死の棘《とげ》』に描かれている。

和ちゃんは中心地から少し離れた通り沿いにある、古くて小さな一軒家に一人で住んでいる。わたしが奄美を初めて訪れたのは三〇年前、八歳の時だったが、その頃からすでに家はだいぶ年季が入っていた。当時、近所のオジさんが「この家は一〇〇年前に一本の木から建てた家だからね」と話していたから、それが本当であれば和ちゃんの家は築一三〇年ということになる。

台風がきたらひとたまりもないように見える古家だが、これが結構丈夫なのだ。地震、大雨、あらゆる自然災害を一世紀以上こらえてきているのだから。小さな家の中をミシミシと音を立てながら和ちゃんはゆっくりと移動する。ここ数年、和ちゃんは脚を患い、歩くのに苦労している。父が「名瀬のアレサ・フランクリン」と呼ぶ和ちゃん。たしかに髪型、体格、奥目なところもそっくりだ。杖をつき、ゆっくり、ゆっくりと歩く。

和ちゃんが出す手料理や地元の惣菜は奄美での楽しみのひとつ。鶏飯《けいはん》、なまり節のサラダ、ミミガーと海藻のおつまみ。そして、加計呂麻島《かけろま》へ渡った時に持たせてくれたお弁当の中に入っていたゴーヤーのおひたし。

塩揉《も》みのあと下ゆでしたゴーヤーを鰹節《かつおぶし》、梅干し、砕いた氷砂糖をあえて一晩置く。鰹節の香り、梅干しの酸《す》っぱさと塩気、ゴーヤーの苦み、氷砂糖の甘さ。所々に残る溶けかけのゴツゴツした氷砂糖を、ゴーヤーと一緒にガリガリと食べるのが楽しい。意外な組み合わせのおかずが、今では我が家の夏の定番だ。そうめんにもよく合う。しかし、奄美の強い陽射《ひざ》しの下で食べるのが一番。

和ちゃんは二〇代の頃に電話交換手の仕事をしていた。知り合いからかかってきた電話には、相手へつなぐ前に一通りおしゃべりをしていたそうだ。交換手の後は島の保育園に勤続三〇年。園長にもなった。敬虔《けいけん》なカトリック教徒で教会通いも欠かさない。そのおかげか、和ちゃんの顔の広さには目を見張るものがある。タクシーに乗れば運転手さんと顔見知り、スーパーへ行けばレジ係が保育園時代の生徒、どこへ行っても何度も名前を呼ばれその度に立ち止まる。

今年に入って和ちゃんの脚はますます悪くなった。家の中を歩くのがやっとで、教会にも行けなくなってしまった。祖母の〝追悼の祈り〟も、欠席。そして先日、長年渋っていた手術を決意して、鹿児島へ渡った。これからしばらく、療養生活を送るそうだ。

和ちゃんの家は、主人の帰りを静かに待っている。

# 家族旅行

子どもの頃に両親の取材旅行で年に一、二度は中国・香港へ同行したが、旅行なんてまっぴらだった。せっかくの休みなのに友だちと遊べない。食事も食べ慣れない味ばかり。まくしたてるような中国語も怖かった。板前さんが威勢良く張り上げる「へい、いらっしゃい！」の声に怯《おび》えて寿司嫌いだったくらい、大きな声が苦手なわたしだ。朝から元気な中国人たちがしゃべりまくる飲茶《ヤムチャ》の喧噪《けんそう》がおっかなくてしょうがなかった。

「なんでこの人たちはいつも喧嘩してるの⁉」

半ば泣きそうなわたしに父は言った。

「あれは喧嘩してるんじゃないの。言いたいことハッキリ伝えてるだけ」

小学六年生になって、初めてヨーロッパを家族旅行することになった。わたしの夏休みの宿題やら塾やらプールやらで当初の予定より日程がどんどん短くなり、最終的にパリとロンドンを飛行機の往復も含め一週間で回ることになった。父と母は「子どものくせにわたしたちより忙しい」とぼやいていた。

ヨーロッパなら「ベルサイユのばら」のような金髪の美男美女が歩いていて、美味しいお肉の料理が食べられて、友だちにも自慢できる旅行になるんじゃないかと楽しみにしていた。学校でいくら香港へ行ったと自慢したっていつも反応がイマイチなのだ。

そしていざ、旅してみると、その年のヨーロッパは冷夏で震えるほどに寒く、旅の最初の買い物はセーターとなった。期待していたお肉料理はどれも筋張った赤身肉で、ソースも甘いようなしょっぱいような、薄いような、なんとも形容し難い味だ。旅の目的にしていた「フランスでフランスパンを食べる」。アゴが痛くなるほど硬かった。ルーヴル美術館のカフェで出てきたフリスビーのようにカットされたスイカの輪切りには驚いた。食べ終わると皿の上に残る皮の輪っかがシュールだった。行き交う美しい人たちは颯爽《さっそう》と街を闊歩《かっぽ》していて、目が合うとスッと視線を逸《そ》らし、またまっすぐ前を向いてツカツカと去っていく。

わたしは旅の間ずっと口を尖《とが》らせたままだった。口をついて出るのは、

「寒い、美味しくない、ねむい」

ここまで機嫌悪くなるとは、自分でも意外だった。

旅行の終盤。セーヌ川のほとりを散歩した後、橋に家族三人で腰掛け、売店で買ったボンボンキャンディーを食べた。もうすぐ日本に帰れる。ホッとしつつ、ずっと不機嫌だったことを今更ながら両親に申し訳なく思った。せっかく遠くまでつれて来てくれたのに。

するとポツリと母が言った。

「ああ、楽しい！」と。

「やっぱり三人で旅行すると面白いわね！」と。

わたしは驚いた。

寒くたって、美味《おい》しくなくたって、硬くったたって。わたしは母のこの言葉に救われ、人生の秘訣《ヒント》をもらった。

ロンドン、パリの家族旅行の写真を見ると笑ってしまう。ムスッとした顔のわたしが着ている旅の始まりに買ったセーター。

赤や黄色、青や黄緑の派手なフリンジがにぎやかについている。

あんなにぶすくれながら選んだのはこんな陽気でカラフルなセーターだったんだ。

この家族旅行、とっても楽しかったんだ。

# 気をつけなさい

春の陽気が近づくと大人たちが言ったものだ。

「暖かくなると変質者が出る」

家でも学校でも、習字教室でも。

五時には家へ帰ること、暗い道はひとりで歩かないこと、知らない人にはついて行かないこと。

小一のわたしはそんな大人たちの様子を春の風物詩くらいにしか思っていなかった。

ある日、家の近所を歩いていると大学生くらいのお兄さんに声をかけられた。

「小学校の先生になる勉強をしているんだけど、聞いてもいいかな？」

参考にしている小学生向けの教材が君の学校のものと同じか見に来てほしいんだ。お兄さんはそう言ってわたしを近くにあるアパートの裏へと連れて行った。そして、バッグを広げ、中のものを見せられた。バッグの中身は、漫画やプロレス雑誌ばかりで教科書らしきものはない。お兄さんは早口に言った。

あれ、おかしいなあ。部屋に入ればあるのかな。ちょっとボクの部屋に来てくれない？

気をつけなさい

そこでわたしは初めて首を横に振った。イヤです。

「あ、そう」

お兄さんは、じゃあ散歩をしようよとまた外へ出た。

それからしばらく、近所を二人でタラタラと歩いた。お兄さんは散歩の間ずっと、とりとめのない話を一方的にぺちゃぺちゃとしていた。お兄さんが何を目的に散歩をしているのか、何でわたしに声をかけたのか、ちっともわからない。とても不可解だった。

見慣れた、いつもの景色が不気味に感じた。こんな日に限って知り合いは通らない。すれ違う大人もわたしたちを気にかける様子はない。陽はだんだんと暮れていく。ついに五時の鐘が鳴った。

「用事があるんです」

そう言うとお兄さんはまた「あ、そう」と言ってわたしを解放してくれた。

「サヨナラ!」

一目散に駆けた。

家に帰って、母にその出来事を伝えると、みるみる顔色を変えて、手を震わせ、目に涙をいっぱい溜《た》めて、もう絶対に絶対について行っちゃダメよ。と何度も何度もわたしに言い聞かせた。二の腕に指が食い込むほど、母は強くわたしを摑《つか》まえていた。

その夜。パジャマに着替えて部屋に戻るわたしの後に、父がついて一緒に部屋に入った。ベッドにもぐって、おやすみなさいと言うわたしの首に突然、父は手をかけた。

わたしの首を、グッと摑んで放さない父の力強い手。苦しくて、怖くて、目を見開いて父を見た。父もまっすぐわたしを見て、ひと呼吸おいてから、フッと手を放した。

咳《せき》込むわたし。後ろから心配そうに部屋をのぞく母。そして父は、

「やろうと思えばやれるんだぞ。わたしは放したけど、本当に殺そうと思うヤツは放さないぞ。息がしなくなるまで続けるんだぞ」

父が出て行き電気の消えた部屋で、全身を硬直させたまま目をつむった。首にはまだ父の手の感覚が残っている。

暖かくなると思い出すのだ。お兄さんにノコノコとついて行ってしまった時のこと、そしてその夜の、父のこと。

# 青いおうち

東京都世田谷区豪徳寺に、かつての東京市長・尾崎行雄がイギリス出身である妻のために建てた二階建ての西洋館がある。明治四〇年に当時の麻布 笄町《こうがいちょう》に建てられたその建物は昭和八年、解体され大八車に載って豪徳寺へ移築されたそうだ。鮮やかなブルーに塗られた西洋館を、近所に住む人々は「青いおうち」と呼んでいる。

写真集『まほちゃん』には、生まれたばかりのわたしと若かった両親が、その「青いおうち」の二階の一部屋で暮らしていた約四〇年前の日々が記録されている。撮影は父・島尾伸三。

三〇平方メートルほどの大きな窓にはカーテン代わりにロールスクリーンの世界地図が吊るされていた。父がアメリカンスクールのバザーで手に入れたものらしい。朝日が昇ると、高さ・幅が一メートル半以上あるその世界地図が太陽の光で照らされた。まるで、世界が一斉に朝を迎えたように。わたしたちは毎日その光で目を覚ました。

西洋館には三つの家族と単身者の男性が二人、住んでいた。一階に住む大家さん家族、二階には大家さんの親戚家族、パンタロンを穿いた長髪の若者と物静かで優しく微笑む青年、そしてわたしたち家族。大家さんの親戚の家は男の子三人兄弟なものだから毎日廊下で大騒ぎ。ハイハイしてオモチャを蹴散らす赤ちゃんのわたしを、彼らは「カイジューだ！」と言って追いかけ回して遊んでいたらしい。トイレと洗面所は共同。部屋についているのはガス台ひとつ。トイレに行くのも、皿を洗うのも一階へ降りて。お風呂は近所にある母の実家で。実家の庭に紅梅と白梅の老木があったので、お風呂をもらいにいく時は「梅の湯へ行くよ」がお決まりの合図だった。

父の側《そば》にはいつもカメラがあった。外出の時は「喧嘩の武器にちょうどいいんだ」なんて言いながらカメラを肩にかけていた。そしていつでもどこでもまばたきするように写真に収めていた。

そこに写っている人たち、母方の祖父母も、父方の祖父母も、叔母も、大家さんのご主人も、そして二つ年上の幼馴染みカヨちゃんさえ、もう、いなくなってしまった。写真の中の「まほちゃん」は、そのことを知らない。

西洋館は取り壊しが決まり、倉庫として賃貸を続けていた我が家も今年三月に立ち退きが完了した。しかしその後、近隣住民の反対運動により計画は中断している。

七二歳になった父だが、〝喧嘩の武器〟だった一眼レフを小さなデジカメに替え、ジャケットのポケットに忍ばせて相変わらず自分の半径二メートル以内を撮り続けている。

# 卒業前に

時々乗る「桜新町行き」のバスは、古い整形外科の前を通る。建物に掲げられた看板には剝げかけたペンキで「漢方・骨塩定量・ピアス」とある。わたしはここで、耳にピアスの穴を開けた。中学卒業一週間前のことだった。

子どもの頃から度々同行した、両親の中国取材旅行。香港では、小学校に上がる前の女の子でもピアスをしているのは当たり前だった。ビビッドなピンクや赤の洋服に金のピアスがとてもおしゃまで魅力的だった。一〇代になると、テレビやファッション雑誌、漫画の中でもピアスをしている女の子が現れて、わたしもいつか、と思っていた。

そのために校則もほとんどない自由な校風の高校への進学を選んだ。しかし、受験が終わってあとは卒業だけという時期になると、このまま過ごすのは物足りない気持ちになった。今までフッーに学生生活を送って、フッーにみんなと仲良くしていた。でも、フッーに卒業するのは、あまりにもフッーだな。

せっかくだから、中学生のうちにピアスを開けたい。そう父に言うと答えは、

「いいね」

さっそく、ピアスの処置をしている整形外科を見つけてきてくれた。なんだかノリ気だ。

それが、家から少し離れた場所にある、バス通りの医院だった。

待合室で父と二人並んで順番を待っている間、なんだか納得のいかない気持ちになった。わたしは、大人たちの反対を押し切ってピアスの穴を開ける想定をしていたのに。ちょっと不良になる覚悟を決めて来たのに。保険証を携え、保護者同伴で、お医者さんにピアスを開けてもらうなんて。そういえば、中二で行ったブルーハーツのライブも、母親同伴だったんだよな。

隣で目をつむって順番を待っている父。なんで賛成したのよ。

「一ヶ月は外さないでくださいね」

赤くなった耳たぶに、真新しい金のピアス。バスの窓に、お店のショーウィンドウに、家の鏡に、ピアスをしたわたしが映った。一大決心で臨んだけれど、やってみると案外カンタンなものなんだな。

母は帰ってきたわたしに、

「いいじゃない」

と、言った。

翌日、ピアスをして登校したわたしに先生たちは大慌てだった。学校の門をくぐるなり、教室へ入ることなく校長室へ連行された。

すでにピアスをしている女の子はいたのに。その子は髪の毛だって染めているじゃないか。万年赤ジャージの生活指導兼体育教師が言った。

「おまえみたいなフッツーの生徒がやるのが一番影響するんだよ！」

そして眉間に皺《しわ》をよせ、何度も、

「なんでこの時期に」

と嘆いた。

「卒業してからやれよ！」

そう言って体育教師はバタン！　とドアを閉めた。結局、その日は授業を受けずに下校することになった。

迎えに来た両親と校長室を出ると、仲良しだった英語の楠見《くすみ》先生がニコニコしながら声をかけてきた。

「卒業前にやることに、意味があったんだよねえ」

帰り道、父も母もわたしも、なんだか清々《すがすが》しい気分で、笑いながら家路についた。

# 暗闇がこわい

子どもの頃、夜中に目が覚めることほど心細いものはなかった。

真っ暗な宙をしばらく見つめているとだんだん目が慣れてきて、目の前に垂れ下がった電気の紐と天井がボンヤリと姿を現す。もう一度目を閉じたってどうにも寝付けなそう。行きたくもないトイレに起き、ついでに居間を覗いてみたら電気は消え椅子もテーブルもテレビだって静かに眠っていた。さっきまで部屋を温めていた暖房の僅かな温もりと、所々でチカチカと瞬く電化製品の赤や緑の小さなランプ。両親は夜更かしで夜中二時でも三時でも起きていることが日常茶飯事だったから、たまに訪れるこんな夜はひどく寂しくて、部屋に戻ると布団の中で身体を小さく丸め、眠りが迎えにくるのをただただ待つのだった。

受験生になると、中学校の教室でクラスメイトたちが夜更かし自慢を始めていた。オールナイトニッポンを聴きながら参考書を開いたとか、答え合わせのつもりで電話をしていたら思わず朝まで話し込んじゃったよねとか、夜食に食べる「ラ王」うめー、とか。なんてことないことも夜中にするだけで皆得意げでまるで特別なことみたいに話すんだ。

一四歳になっても暗闇が怖かったわたしは、父と母が自分よりも先に寝てしまうのをどうしても避けたかったので、徹夜なんてできなかった。朝の教室では、徹夜組から遅れをとっている焦り。夜になったら、暗闇へひとり放り出される恐怖。

おじいちゃんとおばあちゃんがいる二階から音がしなくなって、やがてお父さんとお母さんが会話する声も途切れて、とうとう深夜テレビを観ていたお父さんが居間の最後の電気を消して……。

そうなると部屋の窓から見える、通りを挟んだ向こう側のアパートの、一部屋だけについている灯りが心の支えだ。やっぱりわたし、徹夜なんてできない。

「わたしたちは、毎日死ぬ練習をしているの。死んだら、夢を見ないで寝ているのと一緒なんだよ。たぶん、ね」

昔、父が言っていた。

子どものわたしが怖かったのは、暗い部屋でも、お化けでもなくて、たった一人にされてしまうことだったのかもしれない。

お父さんもお母さんもいなくなって、ひとりで生きていくことに、とてつもない恐怖があったのかもしれない。

今のわたしは夜更かしだ。皆が寝静まった方が行動が活発。キッチンの机をひとり占めしたり、退屈そうな猫の遊び相手になったり。暗い居間を見たって何とも思わなくなってしまった。

大人になったような、鈍感になったような。あの頃、ふいにやってきた孤独な夜はもう二度と訪れないのだろうか。

わたしは、ひとりになったって平気になってしまったのだろうか。

# そば

パリーン！

水が入ったままのコップが一瞬にして床の上で弾けるように割れた。

まだ幼稚園生だったわたしはあまりにも突然のことに驚いて、目を見開いたまま固まってしまった。

「あらあら」

「どうも、すみません。マホ、ごめんなさい、でしょ？」

「大丈夫ですよ、お嬢ちゃん驚いちゃったね」

「……ゴメンナサイ」

コップが落ちたのは自分の失敗だったのに、先に母が頭を下げて謝り、お店の人が床に膝をついてこぼれた水を拭いている様を見て、なんとも居心地が悪かった。その後、頼んだ蕎麦《そば》がやってきて、さっき床を拭いていた店員さんから「どうぞ」と配膳されて、さらに申し訳ない気持ちで、蕎麦《そば》をすすった。

豪徳寺駅のすぐ近くにあった「布袋家《ほていや》」。我が家は今はなきその店の常連だった。頼むメニューもいつもだいたい同じ。父は親子丼、わたしはもりそば、母は天ぷら蕎麦。

母の不在時、父が選ぶのはかならず布袋家だった。口ひげを生やしヨレたTシャツの上に開襟シャツをはおり適当なズボンをはいた父と二人で蕎麦屋へ行くのは、子どもながらに〝ワケあり〟のように見えるのではと、とても気になった。客観的に見て、父の風体は〝良いお父さん〟には見えないと思ったのだ。

「親子丼」

父は布袋家の椅子に座るなりメニューも見ずに注文する。今度はコップを落とさぬよう、わたしは細心の注意を払った。

そして、いつもと違う「釜揚げうどん」を注文してみた。

二人で特にしゃべることはない。父は青年マンガをニヤニヤしながら読んでいる。家でも外でも新聞を読むのは母。

「まあ、あそこの親子、この前までお母さん来てたのに。逃げられたのかしら」

「きっとそうよ。あのお父さん、何やってるかわからないし」

自分の勝手な妄想に震え、わたしはわざと大きな声で叫ぶ。

「おかあさん、何時にかえってくる!?」

「おとうさん、今日はお仕事お休みなんだね！」

普段、わたしは父のことを「ジジイ」と呼んでいたのだが。

そうこうしているうちに親子丼がテーブルの上に乗った。三角巾にエプロンの店員さんがお水を注いでくれる。

わたしは駄目押しにもう一度叫ぶ。

「おかあさん、お仕事何時に終わるの？」

父はわたしの釜揚げうどんを待たずに丼に顔を突っ込みそうな勢いで食べ始めた。

てっきり「揚げ」物が入っていると思い込んで注文した〝釜揚げうどん〟のあまりのシンプルさに力がぬけた。

「天ぷらが入ってない」

「釜揚げうどんって、そういうモンだから」

だからと言って父は親子丼を分けてくれたりはしない。ガックリするわたしを横目に一粒残らず丼をたいらげた。

「あーうんめ」

あーあ、お母さん、早く帰って来ないかな。

# 鬼のいる公園

毎日の散歩が、同居していたおじいちゃんの日課だった。

お気に入りのジャケットとループタイ。いつものハンチングを被って玄関を出る。ステッキをつき、ゆっくりと歩を進めた先は街の喫茶店。熱いコーヒーを飲みながら各社新聞を隅から隅まで読むのがおじいちゃんの楽しみだった。

世田谷線の見える宮の坂駅に併設する喫茶店、または世田谷八幡の並びにある喫茶店。気分が変われば豪徳寺駅、梅が丘駅周辺へも足を向ける。いくつかの店を渡り歩いていた。その後は、豪徳寺商店街の協和銀行で支店長と情報収集も兼ねて世間話を。さらに気分が良ければケーキをお土産に買って帰宅する。

ある日、小学校で噂話を耳にした。豪徳寺の近くにある城址公園には、夕方になると大きな鬼が出るというのだ。公園には、石垣に囲まれた小高い土塁の上が広場になっていて、ベンチがある。土塁の向こう側には住宅地と団地が建ち、堀も裏の方まで続き、うす暗い。死角がいくつもある。大人たちは暗くなったら公園には行くなと言っていた。

わたしは青ざめた。そこは、おじいちゃんの散歩コースなのだ。コーヒーを飲んだ後、その公園まで歩いてベンチでひと休みするのだ。

まさか、鬼なんているわけがない。でも、もし本当だったら。もし、喫茶店帰りのおじいちゃんが食べられてしまったら。

下校すると、いつも通りおじいちゃんが散歩の仕度をしていた。わたしは焦った。公園の土塁の陰から、ノッソリ、長く尖った爪の、寅柄《とらがら》のパンツを履いた、家ほど大きい赤鬼がこちらを睨みながらやってくる光景が頭にハッキリと浮かんだ。

いる！　やっぱり、鬼は、いる！

玄関の上がりがまちに腰掛けて靴を履くおじいちゃんにわたしは泣きついた。

「ダメ！　いっちゃ、ダメ！」

必死の形相に、おじいちゃんとその後ろに立った祖母はキョトンとしてわたしを見た。

「お……オニがいるって！　城址公園には、オニがいるって！」

祖母はニコニコしながら言った。

「あら、そうなの？　でも、きっとだいじょうぶよ」

おじいちゃんも微笑《ほほえ》ましそうにこちらに目をやった。わたしはイライラした。大人って、なんでいっつもいっつも信じてくれないの？　笑ってるの？

「ダメ！　行かないで！」

あまりに真剣に訴える孫に、おじいちゃんは、

「わかったよ、今日は公園に行かないよ」

と、約束してくれた。

「今日だけじゃなくて、毎日行っちゃダメ！」

夕方、おじいちゃんは無事散歩から帰ってきた。

美味しいケーキの入った箱を携えて。お土産のある日は、おじいちゃんの機嫌の良い日なのだ。

# サザエさんの日常

祝日の朝に窓から家の外を眺めるのが好きだった。

玄関先に国旗を掲げた家を見るためだ。日の丸がポツポツと並ぶいつもと少しだけ違う景色。お家《うち》が髪飾りやブローチをつけているみたい。

ポクポクポクポク……どこからか聞こえて来る、木魚の音。ボサボサの犬を散歩させるおじさん。わたしが子どもの頃は今ほど犬を飼っている家は多くなかったし、ましてやキレイに手入れをされた小型犬なんて見たこともなかった。みーんな薄汚れていて、昨日の残りのスキヤキかなんかを食べさせられていた。もちろんどの家の犬も、雨の日だって風の日だって庭の犬小屋で身体を丸めていた。家の中で犬を飼っているなんて聞いたら、みんな目を丸くした時代。猫だって半野良が当たり前。我が家のミケも、磯野家のタマみたいに塀や屋根の上でのんびり日向ぼっこしていた。

我が家は母方の祖父母と同居する、二世帯家族。一階は娘家族であるわたしたちが、二階には祖父母が暮らしていた。そう説明すると、大人たちは「マホちゃんちのお父さんはマスオさんね」と言った。

はためく日の丸を眺めた後、朝の挨拶をしに二階へ駆け上がると、わたしたちよりずっと早起きしたおじいちゃんとおばあちゃんは朝食後の時間を過ごしていた。

おじいちゃんはパイプを燻《くゆ》らせながら毎日新聞を読み、エプロン姿のおばあちゃんは洗濯物干し。

「おはようございます」

「はい、おはよう」

おじいちゃんの休日の過ごし方はだいたい決まっている。午前中は駅伝かラグビーをテレビ観戦。お昼を過ぎたら散歩へ。

「マホちゃんのハンケチ、乾いたから持っていきなさい。ホラ、お母さんのネッカチーフも」

「おばあちゃん、ハンカチ、スカーフでしょ」

「マホ、シャッポを取ってくれるかい」

「おじいちゃん、それは帽子でしょ」

ライスカレー、えもんかけ、ハイカラ、電話口で「あいすいません」……。

明治生まれのおじいちゃん、大正生まれのおばあちゃん。

なんだか、波平さんやフネさんみたい。

おばあちゃんとお母さんが大好きな、笑い話がある。

従姉弟のトモノブくんが小学一年生の時のこと。

外遊びから帰ったトモノブくんが、一目散に台所に駆け込んで机の上にある水を一気にキューッと飲み干した。と、同時に、身体を硬直させてそのまままっすぐ後ろに倒れたというのだ。驚いたおばあちゃんはすぐ119番。しかし、すぐに意識を取り戻したトモノブくん。彼が飲み干したのは……お酢だった。と、いう話。

「あの時のトモノブの顔！」

「可哀想《かわいそう》なことしたねえ」

そしてみんなでケタケタ笑うのだ。

まるで、サザエさんみたい！　と。

サザエさんが大好きだった、おばあちゃん。新聞の切り抜きのスクラップブックが、本棚に並んでいた。もちろん、単行本も。おばあちゃんのお葬式で、わたしは旅立つおばあちゃんの傍らに『よりぬきサザエさん』を置いた。

夕焼けの住宅街に家路につく子どもたちのにぎやかな声が響く。ジャンケンポン！　チョコレイト！　ジャンケンポン！　グリコ！

「毎度～」

勝手口にやってきたのはお米屋さん。この頃は、酒屋さんと本屋さんもうちに定期的に出入りしていた。

「ご苦労さま！」おばあちゃんを真似して、わたしもお米屋さんの背中に声をかけた。

坊主頭の、万年半ズボンのカツオみたいな同級生は今頃日の丸を片付けていることだろう。自分は長男だから国旗の係なんだ、と自慢していたから。

「サザエさん」を読む度に、あの頃のことを思い出すのだ。

# マヤとバドミントン

中学・高校の六年間、部活動にバドミントン部を選んだのは子どもの頃に叔母のマヤとバドミントンで遊んだ楽しい思い出があったから。

茅《ち》ヶ崎《さき》にあった父方の祖父母と父の妹であるマヤが住む家の広い庭で、その後に彼らが移り住んだ鹿児島の灰のつもった庭で。わたしが訪ねると決まってマヤは家の奥からバドミントンのラケットとシャトルを持ち出し、挨拶代わりにまずラリーを始めるのだった。

マヤには小児麻痺《まひ》と言語障害があった。障害を発症する一〇代半ばまではとても元気な女の子だったらしい。父が話す子どもの頃のマヤは、いつも誰かとおしゃべりをして、近所を走り回っている。

わたしは、障害のあるマヤしか知らない。しかし、わたしたちの間にはなんの不自由もなかった。一人っ子のわたしはマヤを姉のように思っていたし、マヤもわたしを優しく受け止めてくれた。離れて暮らしていたわたしたちは時々電話で話すこともあった。

「マヤさん元気ですか？」

「わたしは元気だよ」

「また遊びたいね」

「明日は学芸会ですよ」

一方的にわたしが話して、マヤが「ヘェ」と声を発して返事をするくらいのやりとりだけれど、わたしにはそれで十分だった。早くマヤと話したくて、電話で祖母と話す母の横にピッタリとくっつき順番を待った。

マヤの部屋の本棚にはピンクの背表紙の少女漫画や歌謡曲の楽譜、映画雑誌がズラッと並んでいた。いたるところにぬいぐるみや当時流行していたファンシーグッズが飾ってあって、三〇代のマヤの部屋は、まるで一〇代の女の子のもののようだった。バドミントンに疲れたら、その本棚からスターアイドル名鑑を取り出して読むのがとても楽しかった。

へえ、ヒデキって甘いものが好きなんだ。聖子ちゃんの本名はカマチノリコっていうんだ！スターはみんな「事務所」っていうところに入るんだな……。

中学生になって、マヤとの楽しい思い出を胸に入部したバドミントン部だったが、待ち受けていたのは、空気椅子一分、スクワット五〇回、走り込み五〇本……。厳しい先輩、体育館の出入りの際には必ず「失礼します！」の一言と一礼。

そのノリはちっとも合わなかったけれど、バドミントンがつまらなくなることは一度もなかった。いや、バドミントンじゃないとダメだった。練習も合宿も試合も、マヤと遊んだ思い出の延長線上にあった。

マヤが四八歳で亡くなったのは二〇〇二年のこと。具合を悪くして倒れた後、あっという間に逝ってしまった。

今も、奄美大島の家にはマヤの部屋がそのまま残されている。本棚には少女漫画とスターアイドル名鑑。そして、バドミントンのラケット。奄美の家を訪れた時は、先《ま》ずマヤの部屋を覗《のぞ》く。そういえばマヤには、部活のことなど話していなかった。でも、部屋のラケットを見ると思う。ちゃんと伝えておけばよかった。マヤさんのおかげで六年間もバドミントンを続けることが出来たんだよ、すごく楽しかったよ、と。

# チンピラの夜

「今日はチンピラするか」

夕食を済ませて、後はお風呂に入って寝るだけ。そんな中、父の気まぐれで出た一言は小学生のわたしを飛び上がらせるほど喜ばせた。

我が家では、夜に近所のコンビニエンスストアまでアイスを買いに行くことを〝チンピラ〟と言った。

このまま終わるはずだった一日についた、とびきりのオマケ。父と母と、寝る支度をしているおじいちゃんとおばあちゃんに「行ってきます」と伝えて外へ出る。

少し前まで、最寄りのコンビニは線路沿いにある家族経営のセブン‐イレブンだったけれど、小学二年生になったらもう少し近くのガソリンスタンドが「サンチェーン」というコンビニに変わった。夜の住宅街、すれ違うのは帰りの遅いサラリーマンかキコキコと自転車を漕ぐオジさんくらいで、子どもの姿を見ることはもちろん、無い。夕方にはあんなにカァカァうるさかったお寺のカラスもすっかり寝静まっている。わたしたち、取り残された人類みたいだ。

父はアイスモナカ、母はあずきバー、わたしはカップの氷いちご。あの頃は、まだアイスの種類も少なかった。レディーボーデンの大きなカップは特別な日じゃないと買えない。

サンチェーンのおかげで便利になったけれど、チンピラの距離は短くなってしまった。わざとジグザグに歩いたり、のんびり歩いたり。

「ほら、サッサと帰らないとアイスが溶けるよ」

「アイスじゃないもん、氷いちごだもん」

「ヤーね、屁理屈言って……」

母もなんだか楽しそう。

家に着くと、二階の電気はすっかり消えていた。

おばあちゃんとおじいちゃんに、今日は「おやすみなさい」を言わなかったな。そんなことを思いながらアイスを頬張る。

もっと夜の道をプラプラしたかったなあ。誰もいない道で大きい声を出すと、響くんだよなあ。あんなに楽しみだったアイスだけれど、いざ食べ始めるとなんだか寂しい気持ちになるのだ。暗くて怖いはずの夜道なのに、お父さんとお母さんと一緒だと、なんでこんなに楽しいんだろうな。

いつもより遅いお風呂。口の中だけ冷えていてなんだか変な感じ。ステンレスの浴槽に、ゆがんだ自分の裸が映る。

あーあ、あっという間のチンピラだった。今度はいつなんだろう。

次の日の学校は、少しだけ大人になった気分。昨日の夜、みんなが寝ている時間にわたしはアイスを買いに行っていたんだよ。

サンチェーンはその後、ローソンになった。高校生になると、わたしはひとりで勝手にチンピラした。レジを打つバイトは同級生。好きだった氷いちごにもいつの間にか手が伸びなくなって、新商品ばかり買っていた。

夜道も変わった。薄暗かった街灯が明るい蛍光灯にかわった。家路を急ぐ人の顔は、携帯の画面で照らされている。昔は、前を通るとセンサーが反応して電気がつく家なんて、なかった。

「今日はチンピラするか」

父の気まぐれで始まる、ほんの少しの夜の散歩はあっという間だった。本当に、本当にあっという間に過ぎる、楽しいオマケだった。

# 『とうさん　おはなし　して』を読む

家に残る、幼い頃に読んだいくつかの絵本を開くと、当時両親と三人で暮らしていた小さなアパートの部屋を思い出します。

昼はたくさん遊んで、夜寝る前に絵本を開く、そんな生活でしたから、思い出すのはチカチカとまたたく蛍光灯の光と床に川の字に敷いた布団の感触です。

大きな窓の外は真っ暗。母は母で、父は父で、カメラをいじったり、本を開いたりしていました。わたしもひとりで絵本と遊びます。足下の床板は昼間の陽をまだ含んでいるような温かさでした。

病院の待ち合い室で他の親子が絵本を読む様子を見るのが好きでした。母親が子に小さな声で周りに遠慮しながらボソボソと発するあのか細い声を聞いた日は家に帰ってもそれがまだ耳の奥に残っていました。

『とうさん　おはなし　して』は父が初めてわたしにくれた誕生日プレゼントです。

それまで、絵本をプレゼントしてくれるのはきまって母方の祖父でした。

『おおきなかぶ』『しろいうさぎとくろいうさぎ』『まりーちゃんとひつじ』『てぶくろ』……。学生の頃、仲間と人形劇団をたちあげた祖父がくれた絵本たちは、祖父の中にある文学を垣間みているようでした。

『とうさん　おはなし　して』は、祖父が選ぶものとはタイプの違う、ちょっと風変わりな絵本でした。ねずみのお父さんが七人の子どもに七つのお話をベッドで聞かせる。子ども嫌いのおじいさん、賽銭が投げこまれる度に痛がる井戸、家の外にお湯が流れ出すまで体を洗いつづける汚れたねずみの青年。

「ジジイ！（わたしは父をこう呼んでいました）読んで！」

同じ本を、何度も父に読んでもらいました。

ねずみ年の父がプレゼントしてくれたねずみのお話。

『穴はほるものおっこちるとこ』も父に読んでもらうのが好きでした。絵本といえば、わたしは祖父か父を思い出します。

# ワコさんのタルト

ケーキを選ぶ時は、よほどの気まぐれがない限りタルトと決まっている。

特にタルトの、あの〝背もたれ〟の部分が好物で、〝背もたれ〟を残して生地をジワジワ食べている時、誰にも邪魔されたくない、と思う。

タルトは固ければ固いほど良くて、注意を払いながらグッとフォークをタルトに押当てるのだが、生地は不意なタイミングで割れて、

「ガツーン!!」

フォークとお皿の衝突音が店に響いてしまう。しかし、それもまた、一興。

クリームの部分はできれば柑橘系がいい。レモンタルトがあれば迷わず頼む。

甘酸っぱいクリームの柔らかさとサクサクした香ばしいタルトを口の中で交互に味わうあの、何ものにも変え難い幸せな時間……。

子どもの頃、父の従姉妹のワコさん夫婦の家へ行くと必ず、ワコさんが手作りのレモンタルトを用意してくれていた。

ワコさん夫婦の家のリビングには、大きな窓に分厚いカーテンがぶら下がっていて、絨毯《じゅうたん》もクッションもカーテンと同じ柄に揃えられていた。そして、ソファーの横には最新式のルームランナー。しかし、

「マホちゃんにはまだ危ないから」

そう言われて、一度も使わせてもらえなかった。わたしは今でもそのルームランナーに乗ってみたいと、思う。

電源の入っていない状態でチョコンと乗せてもらったけれど面白くもなんともなかったのだ。

統一された食器で、わたしたち家族三人と、ワコさん夫婦の五人で食事。

ワコさんは、奄美の血が流れているが色白で、笑うとキュッとほほにエクボができた。眉毛と目の距離が近いところは父とわたしとも似ていた。

うちはカーテンもクッションも食器も柄と種類がぜーんぶバラバラ。半分はもらい物。残り半分はバザーか拾った物。

ワコさんのお家にお呼ばれするのは、わたしにとってちょっとしたご褒美だった。

ふたりの結婚式の時、四歳だったわたしはワコさんのベールガールとなり、バージンロードを一緒に入場した。

それはまるで自分の結婚式のように誇らしくて、陽に当たってキラキラと光る白いウェディングドレスと教会の赤い絨毯が今でも記憶の中で眩しく輝いている。

ワコさん夫婦と会わなくなって一五年近くになった。

よくかかってきていた電話も、もうずっとない。ワコさんのお母さんが亡くなったことも、ずいぶん後になってから知らせが来た。

お悔やみの葉書に、

「ワコさんのレモンタルトが懐かしい」

と書くと、

「タルトは何年も作っていません。懐かしいです」

と、返事がきた。

どうして会わなくなっちゃったんだろうね、と言うと父は「さあ……」と言う。またワコさんのレモンタルトが食べたい。ワコさんのレモンタルトは、本当に一番美味しいのだ。

# 小宇宙

わたしには、二人のおじいちゃんと二人のおばあちゃんがいる。

母方のおじいちゃんは生命保険会社の社員だった。趣味は散歩と俳句。若い頃は新聞記者になりたかったらしい。

おばあちゃんは専業主婦で「サザエさん」と「いじわるばあさん」が好きだった。料理はもちろん、裁縫、アイロンがけ、家事はなんでもこなして、洗濯は同居していたわたしたち娘家族のぶんも請け負ってくれていた。

父方のおじいちゃんは作家の「島尾敏雄」だった。わたしが小学校にあがる頃までは茅ヶ崎の一軒家に住んでいて、遊びに行くといつも浴衣姿で原稿用紙に万年筆で何か書いていた。それが「お仕事」だと言われても、理解ができなかった。髪は真っ黒で背筋もシャンとしていたので「おじいちゃん」という呼び名はしっくりとこなかった。わたしは「ジッタン」と呼んでいた。

おばあちゃんは「島尾ミホ」だった。故郷である奄美大島の昔話や唄をよく聞かせてくれ、自分のことを奄美の言葉で『母』を意味する「アンマア」と呼ぶように躾けられた。わたしはそれがうまく言えず「マンマー」と呼んでいた。子どものようにはしゃいで楽しい時もあれば、家族で遊びに行った際、到着するなり全員（ジッタンも、叔母のマヤも）正座をさせられお説教されることもあった。普段はひょうきんな父がマンマーの前ではダンマリだった。理由を聞けば「狂っているから」と。わたしは、自然とマンマーに対してだけ敬語を使うようになった。

「ジッタンはネー、家を出て駅に着くと公衆電話から『ミホーこれから電車に乗りますヨー』ってマンマーに電話してくるの。そして、行き先の駅に着いてまた『ミホー、電車を降りましたヨー』って電話してきてね、目的地に着くとすぐにそこから『着きましたヨー』って。そして帰りもね『ミホーこれから帰りますヨー』『あと五分で家ですヨー』……」

少女のようにうっとりと話すマンマー。いかに愛し、愛されているか。マンマーにとってはそれが何よりも大事なことだったようだ。

その場の空気を支配するのは、いつもマンマーだ。好きなように振る舞うマンマーの横で、ジッタンは微笑んで見守るだけ。正座させられても小さな声で「ミホ、もういいじゃないか」と呟くだけ。穏やかな人という印象だったけれど、ある日茅ヶ崎の家でジッタンとわたしの二人きり、おままごとをした時のこと。

「ジッタン、だんなさまの役してね」

「はい、いいですよ」

陽の当たる縁側で、わたしはジッタンの妻となってそそくさとセラミックでできたピンクや水色の小さなお皿を並べた。

「はい、ごはん、どうぞ」

するとジッタンは浴衣でドカッとあぐらをかいて座り、お皿をガッと手でよけ、聞いたことのないような大きな声を出して怒鳴った。

「メシはいらん！　酒だ！　酒を持ってこい!!」

わたしはビックリして目に涙を溜めてそれを制止した。

「やめて！　ジッタン、やめて！　やさしいのにして！　やさしいのがいい！」

ジッタンは、慌てるわたしをキョトンと見つめ、

「……そうか、じゃあ、お客様になろう」

と言った。優しい旦那様ではなく、お客様。心臓のドキドキが止まらないわたしはなかなかおままごとに集中できず、なんだかグダグダとして別の遊びにうつることにした。

それ以来ジッタンとおままごとをすることは無かった。怒鳴り声を聞いたのも、それっきり。

「特攻命令が下った日、短剣を胸に浜辺に出たのョー」

遊びに行くとマンマーから必ず聞いた話。ただそれは、寝る前に布団の中で聞く奄美のケンムンや島の子どもに歌っていたという子守唄と同じように、どこかのおとぎ話のようであった。わたしには半信半疑で、マンマーの、不安定な気持ちの中に芽生えた作り話かもしれないとも思っていた。

電子レンジで冷凍と解凍を繰り返すふにゃふにゃな料理、肌色のでっかいパンツ、食後にジッタンが必ず飲むエビオス錠、観音扉のついたテレビ台、マヤが収集していたタレント図鑑と少女漫画、床の間に鎮座していた顔が黒くて目つきの怖い達磨《だるま》……それらがわたしにとっての思い出であり、マンマーの支配していた小宇宙……ジッタンとマンマーとマヤの家族像であった。

マンマー

マンマーは、いつも故郷に思いを馳せていた。故郷の唄、昔話、言葉。そして鳥や花や虫のことも。故郷の話をする時のマンマーは、わたしと同じくらいの歳の少女に戻ったようだった。そして、深夜まで夢中になって話し続けた。

夜中一時……二時になってもマンマーの話は止まらない。ますます興に乗ってくる。まだ小学校にあがる前のわたしはその話をカクッカクッと船を漕ぎながら聞いた。「眠たい」「寝たい」などとは子ども心にも言ってはいけない雰囲気を感じていたし、マンマーも前後に身体を揺らして居眠りするわたしのことなどおかまいなし。心はすでに故郷にあった。

押し入れに仕舞われた、大きな和菓子の缶に入っているのは砂のついた貝殻たち。耳を当てると、

コォー

という音がした。これが、マンマーの故郷の海の音なのだろうか。マンマーの話す昔話、歌う唄の後ろにはいつも静かな海が広がっている。それは、わたしの見たことがある茅ヶ崎の海とも、

福島県南相馬の海水浴場の海とも違うと感じた。重々しく誰も触れてはいけないような、海だった。そして浮かぶのは月光が照らす海面。わたしはいつも夜の海をイメージしてマンマーの話を聞いていたのだ。果たしてそんな場所があるのか、どんな島なのかも知らずに。

今にも閉じてしまいそうな瞼をこすりながら、マンマーに手を引かれて、夜の海を彷徨《さまよ》うように昔話の中を泳いだ。

♪アンマァートゥージウー

異国のもののような言葉の唄の意味は、〝アンマァー（お母さん）〟と〝ジウ（お父さん）〟のことを歌っていると、マンマーは教えてくれた。

そして、後にその言葉を話すマンマーの故郷とは、奄美大島という島だと知った。

初めてそこを訪れたのは、一九八六年八月のこと。

夏休みに祖父・島尾敏雄とマンマー、そして叔母のマヤが住んでいた鹿児島県宇宿《うすき》を訪ねた。小学二年生。飛行機に乗って初めてのひとり旅だった。

「マホ、奄美大島へ行ってみませんか」

それは突然だった。もしかすると、祖父は父と母には相談をしていたのかもしれない。宇宿の家で、祖父にそう言われた時、何かを託されたような気分になった。

かつて、マンマーとジッタンは父とマヤと、マンマーが幼い頃を過ごした奄美大島に暮らしていたという。それまでマンマーとの繫がりでしか知らなかった奄美大島だったが、ジッタンの言葉からも、初めて奄美への想《おも》いを感じた。

「行ってみなさい。きっと面白いよ」

ひとりで飛行機に乗って、やっと辿り着いた鹿児島で、また冒険が待っていたのだ。今度はマヤと二人、船の旅だ。

ハットを被った祖父と、よそ行きを着た祖母に見送られ、昼過ぎに大型船は南へ向けて出発した。船が港を離れると、陸と船上をつないでいたカラーテープが次々と真下に垂れ下がった。陽が傾き、空が夜へと向かい、海も姿を変えた。つい数日前にジッタンと遊んだ鹿児島の海。さっきまで楽しい思い出を映していた青い水面が、みるみる群青色になり、やがて空も海も区別がなくなるほどの暗闇となった。

エンジン音と船が海を弾く音。右、左、前、後ろ、見渡す限りの黒い海。マンマーの昔話の世界に放り出されたような、不安な気持ちになった。夜八時にもなると、早くも床につく人が出始めた。

テレビのある広間に雑魚寝する人たち、新聞を読んだり、将棋を指したり。泣く子をあやすお母さん。

いつかテレビで見た、避難所にも様子が似ている。わたしはマヤの側を離れなかった。わたしたちの寝室は、ベッドのある相部屋。横になってみるけれど、知らぬ男の人の話し声や床から響くエンジンの音と震動でなかなか寝付けない。船のユラユラとした揺れも、立っている時よりもずっと身体に堪《こた》えた。

眠れぬわたしに気づいたマヤは寝床から出て、わたしのベッドの傍らに座ってずっと手を握ってくれていた。

マヤには言語障害があり、わたしたちの間に言葉でのやりとりはなかったけれど、マヤの優しい気持ちは、わたしの心の深くにスーッと沁み入るのだった。

結局一睡もすることができず、マヤもとうとうわたしのベッドで寝てしまった明け方。デッキに出ると空は白く夜がちょうど終わりを告げた頃だった。そして、目の前に大きく黒い塊が見えた。よく見るとそれは黒ではなく、深い深い緑に覆われた島だった。

それは、わたしがそれまでの短い人生で見た物の中で、最も〝自然的〟な存在だった。

# 第二章

# そして、彼らと

# ノンちゃんのお父さん

二〇〇七年から約八年間。毎週、土曜日の夜九時になると家を出発。生放送のラジオ番組にレギュラー出演するためだ。

冬の寒い日はポケットにカイロを入れて。真夏の夜はどこかへ遊びに行きたい気持ちをグッとおさえて。

人影少ない週末の住宅街を駅へ向かって歩いていると、ある場所で上の方から声がする。

「いってらっしゃ〜い」

そこは坂の途中にある幼馴染み〝ノンちゃん〟の家。ノンちゃんのお父さんがこちらを見下ろしている。オジさんはよく、二階の小さなベランダで夕食後の一服をしていて、土曜日になると下を通るわたしに声をかけてくれていたのだ。

「これから仕事？　おつかれさま〜」

手すりにもたれ、足を交差させていつものポーズだ。足元には飼い犬のコーギー犬が一緒。

ノンちゃん一家がすぐ近所に越して来たのはわたしが小学一年生の時。お父さん、お母さん、二人の弟とおばあちゃんの六人暮らし。おせっかいのわたしはさっそく転校生の彼女に話しかけて次の日から一緒に登校を始めた。

「アタシのお父さんね、江戸っ子なの。ヒをシって言うんだよ。おじいちゃんのお墓はね、東京タワーのすぐ下にあるんだよ」

それまで港区に暮らしていたというノンちゃん。すごくにぎやかな遠い街に住んでいたんだなあ、とわたしは思った。

ノンちゃんはよく、夕食前にパジャマ姿で弟たちをひきつれタッパーに入ったおばあちゃんの煮物をお裾分けに持って来てくれた。ノンちゃんの家の子どもたちは夕方にはお風呂を済ませているのだ。我が家は一日の最後が風呂の時間。あたりが暗くなる前にパジャマを着ているノンちゃんたち。なんだか変な感じがした。

人間はみんなだいたい同じ時間に同じようなことをして暮らしているものだと思っていた。ささいな違いに、七歳のわたしはカルチャーショックを受けた。

ラジオのレギュラーが終了する少し前、いつものように土曜日の夜に家を出た。その日ノンちゃんのオジさんはいなかった。しかし駅で、広島に住んでいるはずのノンちゃんに会ったのだ。二、三日前に帰郷して、これから深夜バスで家族の待つ家に戻るところだという。

ホームで電車を待つ間、ノンちゃんが切り出した。風のつめたい、一二月の夜だった。

「うちのお父さんね……」

数ヶ月前に見つかった病気の具合が思わしくないらしい。もうすぐ入院するそうだ。

「オレはもう覚悟はできてるヨ、なんて笑ってるけどね」

ノンちゃんはそう言って力なくほほえんだ。

しばらく姿を見なかったコーギーは、前の年に死んでしまっていたらしい。

「バイバイ」

乗り換えの駅で、特別な言葉を交わすことなく別れた。わたしは赤坂へ。ノンちゃんは家まで深夜バスで一〇時間。

オジさんが亡くなったのは、その半年後。

葬儀後、母とお線香をあげに訪ねた。ノンちゃんの家に入るのは二〇年ぶり。毎週、毎週、前を通っていたけれど。

仏壇に手を合わせた後、オジさんがいつもいた二階のベランダから道路を見下ろしてみた。目の前には同じくらいの高さの住宅と、電信柱。特別眺めが良いわけではないけれど、愛犬と一緒にここにいるのがオジさんは好きだったんだろう。彼らが見下ろす景色に、通りすがりのわたしがいた。

改装で新しくなった台所は〝アイランドキッチン〟。オジさんは晩年、食事がとれなくなってもオバさんのために料理をするのが楽しみだったという。ノンちゃんの家では、お父さんが料理するんだ……。

わたしはまた、うちとノンちゃんの家の違いを知った。

# カツマタさんのファッション

約束の時間よりも遅れてしまったので、駅から小走りに先を急いだ。すると、はるか向こうの時計台の下で、わたしを待つカツマタさんが見えた。

昼夜を問わず、どんなに混雑した場所でも、どこで待ち合わせたって、カツマタさんを探し当てることはとても簡単だ。彼は、誰よりも派手な格好をしている。

初めてカツマタさんと会った時、彼は塩化ビニールでできたショッキングピンクの靴を素足に履いていた。スケルトンだから足の指が見えていた。真夏の炎天下だったので、なんというか、すごく、「だいじょうぶかしら」という気持ちになった。これだけ個性的な代物を、話題にしないのはかえって不自然かもしれないと、

「その靴、ユニークですね」

と声をかけてみた。するとカツマタさんは、

「カワイイでしょう！」

と自慢をした。カツマタさんを連れて来た友人たちが笑った。

「それを履くのはちょっと勇気がいるなあ」

「夏にビニールの靴なんて暑くないの？　臭くならない？」

するとカツマタさんは大真面目に答えた。

「この靴、空気穴も空いていて、意外と涼しいんです！」

それから会う度、彼のファッションはわたしの予想の遥か上を越えていた。帽子を三つ重ねている……ように見える帽子、顔の大きさほどある熊の手型の手袋、尻尾の生えたズボン、レコードのカタチをしたバッグ、これでもかというくらいビリビリに裂かれた花柄のTシャツ。

カツマタさんは三六歳。国立大学を卒業し、今はＩＴ会社の社長だ。最近では学習塾の運営にも携わっているという。仕事中のスーツ姿からは彼の私服は想像できない。

「ボクは平凡な顔で、平凡な性格だから、変わった服を着るんです。そうすれば、人に覚えてもらえます」

カツマタさんは早口で続ける。

「楽ですよ、買い物の時迷わずにすみます。派手な服は着る人も少ないからセールで安く買えるんです」

彼の話は、簡潔かつ明瞭で、何事にも彼なりの理屈がある。また、他人に忖度なく率直に自分の意見を伝えるから、ヒヤヒヤすることもあるが一緒にいて胸のつかえることがない。初対面こそギョッとしたけれど、今ではとても尊敬する友人のひとりだ。仕事が早く、約束事は必ず守る。待ち合わせには遅れたことが無い。見習わなければいけない所だらけだ。

カツマタさんと歩いていると、誰もが振り向く。これにも、もう慣れた。

もしかしたら、振り向いたうちの何人かは家に帰ってから「今日、おもしろい服の人を見たよ」なんて家族に話すかもしれない。街を歩くだけで見知らぬ人たちに話題を提供できるなんて、簡単なことではない。

カツマタさんを紹介すると、大抵の人は目を丸くする。

そんな時、わたしがこう自慢するのだ。

「カツマタさんの服、かわいいでしょう！」

と。

# 二〇歳の旅

二〇歳の夏に沖縄の離島へ一週間、美大のクラスメイトと女二人旅をした。お互い東京生まれの実家暮らし。親から解放されたい気持ち、新しい何かと出会いたい気持ちで胸いっぱいだった。

片道切符。「気が向いたら帰る」とだけ告げて家を出た。寝泊まりはレンタカーで、荷物はリュックひとつ。那覇からフェリーで八時間。着いてすぐにあてもなく走り出した。車の屋根にA&Wのドリンクと全財産が入ったリュックを置いたままであることを忘れて。気づいた頃には辺りは暗くなっていた。PHSの電波も届かない山道。引き返すが、リュックは見つからない。

ようやく辿りついた灯りは無人の交番。電話を借りようと中に入ると、スチール机の上に、ポツンとわたしのリュックが置かれていた。中身も、そのまま。珍道中の、幕開けだった。

滞在中に出会った若者たちは、汚れたTシャツに長髪、髭《ひげ》、巻きタバコ。島の畑でバイトをしながらテント暮らしをしている人もいれば、一日中ただ海を眺めて過ごしている人もいた。話を聞けば、都心からやって来た人がほとんどだった。わたしたちが張ったテントのお隣さんは、実家のご近所さんだった。テント村にはすでにコミュニティが出来ていて、滞在期間が長い者が場を仕切っていた。その輪に入れてもらい、島の生活を始めた。二〇歳のわたしたちにとっては途方もない日々の始まりに感じた。

夜は酒盛り、昼は釣りと海水浴。洗濯と風呂はキャンプ場の水場で。子どもの頃の飯盒炊爨《はんごうすいさん》を思い出しながらの自炊、初めて吸う煙草《たばこ》、どこかで見たヒッピーのような生活。

暗がりに目が慣れるように、数日経つと島での生活でも見えていなかったものが姿を現し始めた。人間関係、恋愛事情、お金、噂……夜になると急に家族の顔が浮かんだ。お母さん、お父さんはどうしているだろう。ミケは今日もおばあちゃんの膝の上で寝ているのだろうか。

四日目、浜辺で昼寝をしていたら太ももにジリジリと焦げるような痛みを感じて目が覚めた。日除《ひよ》けが風で飛ばされ、右脚が真っ赤に焼けていた。水ぶくれがそこかしこにできている。痛みでズボンを穿《は》くこともできない。テント仲間がアロエやドクダミを摘んできてくれたがそんなもので治ってたまるか、と思った。ホームシックは限界だった。わたしはひとりで島を出ることにした。

火傷《やけど》を心配したクラスメイトが、わざわざ那覇までついてきてくれた。那覇の街を見たら何故《なぜ》か急に元気が出てせっかくだから一緒にホテルで一泊しようと彼女を誘った。そして、ぶ厚いステーキを食べよう！と、なった。

ステーキ屋では琉装《りゅうそう》のお姉さんと記念撮影。国際通りでお土産のちんすこうとビーフジャーキーを買った。お金を使うのも、久しぶりだ。ホテルのフカフカのベッドに寝て、六日ぶりの湯船は、日焼けがヒリヒリ痛かった。楽しかった。

次の日、わたしは東京へ。彼女はまた島へ。彼女はそれから一ヶ月ほど島に滞在したらしいが、その後のことについて話すことはほとんどなかった。

先日、妊娠中の彼女と会った。わたしも胸にもうすぐ一歳になる子どもを抱えて。

これから生まれてくる子どものこと、保育園、家族、よく行く近所のスーパー、気になる健康について。沖縄での二人旅については……話さなかった。

あんなに意気込んで出発した旅なのに。人生が変わるかもしれないと覚悟していた旅だったのに。

わたしの太ももには、あの時の日焼けの跡がまだ残っている。

沖縄珍道中の思い出話の相手は、今やこの日焼け跡だけなのだ。

# おマセなエッちゃん

小学校の教室で、エッちゃんの名字は「す」、わたしの名字は「し」で始まるから、エッちゃんはわたしのすぐ後ろの席に座っていた。

後ろからエッちゃんはたくさん話しかけてきた。ねえねえ、あのさぁ、エッちゃんね……。エッちゃんは自分のことを〝エッちゃん〟と言う。そんな子、初めてだった。

ピンクのランドセルで、クルクルとカールする天然パーマ。お家には「シシマル」という毛が長い大型犬がいた。TV局に勤める一〇歳以上年の離れたお兄ちゃん。

わたしが今までみたことないものばかり持っているエッちゃん。

「ノナカくんて、ナッちゃんのこと好きよね。あのふたり、ケッコンするかな？」

真剣な眼差《まなざ》しで言うから、わたしはドキドキしてしまった。そして、

「わたしは、コイケ先生が、好き！　ケッコンするからネ！」

そう言って、コイケ先生の膝の上によじ登る。先生が他の女の子と仲良さそうにしていると、顔を真っ赤にして目に涙をためてヤキモチをやいた。

仕切り屋で姉御肌のエッちゃんは、目立ちたがりのクセに奥手なわたしとコンビを組んだ。

エッちゃんが男子とつかみ合いのケンカしたらわたしは横からこっそりキックで援護射撃、わたしが皆の前でY字開脚をするとエッちゃんが「マホちゃん、こんなに股が開くんだよ！」と大声で人を集めて宣伝してくれた。

休みの日もお互いの家を行き来して、エッちゃんの家族に連れられて旅行も何度も行った。「マドンナがね、こうやって踊るの！」旅行先のお風呂で脚を泡の中からニョキッと出して交差させる。わたしも胸を泡で隠して踊った。

エッちゃんが転校したのは小学四年生の時。中途受験で私立の小学校へ編入したのだ。受験勉強を経て、エッちゃんはさらに大人になった。塾でできた友だちの話、名物講師の話、とっても難しそうな勉強の話……。「偏差値」なんて言葉も初めて聞いた。転校してからも、時々遊んだけれど、エッちゃんはわたしではなんだか物足りなさそうだった。エッちゃん、別の世界の子どもになっちゃったみたい。つまんないの。なんで私立なんか行ったのよ。

エッちゃんの学校では、男の子と女の子がデートをしているという。わたしは、五年生になっても、みんなの前でひとりで、開脚。

ほとんど顔を合わせなくなった中学時代、彼女を久しぶりに見たのはエッちゃんのおばあちゃんのお葬式。うつむいて座るエッちゃんはわたしの知っているエッちゃんよりずっと身体が大きくて、顔も大人だった。

もうすぐ五月。エッちゃんの誕生日が近づいている。おマセなエッちゃんは、わたしよりぴったり五ヶ月早く歳をとる。

# 一四歳の選挙

男友だち二人とヒップホップスターの伝記映画のレイトショーへ行った。観る前に入った居酒屋で、二人は鼻息荒く言った。

「選挙に行かないなんてクソだな!」

最近は彼らと顔をあわせると、他愛のない話の間にそんな話題を聞くことが多くなった。3・11の震災以降のことだ。わたしは意見したり、しなかったり。

中学二年生の春、生徒会の副会長に立候補した。選挙ポスターは雑誌のルー大柴を切り取って「生徒会にトゥギャザーしようぜ!」をキャッチコピーにした。公約もマニフェストもない。お祭り好きで目立ちたがりのわたしがやりそうなことだ。

最初は軽い気持ちで名乗りをあげてみたけれど、選挙活動をしていくうちに「当選したらいいな」が「当選したい」に変わり、投票日直前には「なにがなんでも」になった。選挙期間途中から思いつきでできもしない文化祭やコンサートの公約を加えた。結果、当選はしたものの生徒会の中での得票率は最下位だった。

当選したら、こっちのもの。公約のことはすっかり忘れ、これみよがしに「生徒会」のバッジを胸に、放課後、生徒会室でのおしゃべりが主な仕事。行事の時の挨拶をやったということだけ、かすかな記憶に残っている。

高校生になって、中学時代の同級生とした思い出話の中でこんなことを言って笑われた。

「マホちゃんて副会長だったのに、生徒会でなんにもやってなかったよね」

……背中がスウッとうすら寒くなり、腹の中にモヤモヤと暗雲がたちこめた。首尾よくやりおおせていたと思っていたのに。

選挙の時に調子の良いこと言ってたよね、と言われ顔が赤くなった。ああ、穴があったら入りたい。それからというもの、テレビで誰かの失態、謝罪、言い訳、大口を叩く様を見ても、他人事とは思えないのだ。

居酒屋で、若者の投票率をいかにして上げるか議論になったが答えは出なかった。若者に人気の有名人に宣伝してもらうとか、投票をおしゃれなものにするとか、わたしは「なんか違うナ」と思っていた。「なんか違うナ」もうまく伝えられない自分がいた。

行動するしかないと二人は言う。冷めた意見と沈黙ばかりの自分が、少しイヤになった。

映画の中で、ＤＪを目指す黒人青年が「オレは自分自身のリーダーでありたい」と家を出て行くシーンがあった。

生徒会に入って、わたしは何を学んだか。今の自分は、果たして自身のリーダーだろうか。一四歳で経験した選挙活動、二〇年後の映画館のソファーで腕を組みながらひとり、反省会。

# フクザツ

「いいなあ、フクザツで」

それは高校二年生の夏、隣のクラスの女の子と自転車で下校した時のことだった。

彼女はとても美人で、スタイルも抜群。当時流行していたルーズソックスを褐色の脚にかっこよくはきこなしていた。芸能プロダクションに所属していて、雑誌の読者モデルもしていた、学校では憧れの存在だった。

普段はほとんど交流のない彼女と、帰り道が一緒になり、話をしながら自転車を漕いでいた時のことだ。話の流れで、お互いの家の話になった。

彼女は小学生の頃から母親と弟と三人暮らしで、最近母親に若いボーイフレンドができたという。学校の行事の時に見た彼女の母親は、姉と言っても誰も疑わないほど若々しく可憐だった。今日はそのボーイフレンドが家に来る日だから、家に帰んないほーがいいんだよねー、と彼女は言った。だからこれから、親友（その親友もまたキレイだった！）の家に泊まるんだよねぇと。

そこで、わたしの口から出たのが例のセリフだ。

彼女は少しギョッとした顔でこちらを見て「えー、そーお?」と、いつもの気だるい感じでアハハと笑って答えた。そして、わたしたちはY字路のところでそれじゃあね、と別れた。

彼女と長く会話を交わしたのは、それが最初で最後。その日の夜、自分の無神経さに気づいてから、今まであの日のことがずっと頭に貼りついたままだ。

最近、YouTubeで観た過去のCM集の中に彼女の姿を見つけた。まさに、あの頃の、制服を着た彼女。ニッコリと微笑み、こちらを見ていた。

# 真っ赤な口紅の女

学校から帰ると、客間に大きな大きなイヤリングを耳からぶら下げた真っ赤な口紅の女の人がいた。歳の頃は、三〇歳前後。

わたしは一四歳。

彼女は黒髪のソバージュにヘアバンドをして、カラフルなスカーフをセーラー巻きにし、赤い口で大きく笑っている。

「アーハッハッ……あらぁ！　シマオさんのお嬢さん？」

わたしに気づいた彼女は椅子から身を乗り出すようにこちらへ身体を向けた。彼女が動く度、イヤリングの飾りがキラキラと光を反射し、ジャラジャラと音を立てる。

バドミントンのラケットと学生カバンを抱えたわたしが「こんにちは」と挨拶をすると、

「はい、こんにちは！　よろしくね」

と、元気よく返された。彼女は父の新しい友人らしい。

真っ赤な口紅が塗られた大きな口はよく動いた。高い笑い声が家に響く。人見知りの猫は、二階のおばあちゃんの部屋に避難。自室に戻ったわたしも、突然鳴りだす目覚まし時計のようなS子さんの声を向こうに聞きながら制服を着替えた。

夕食の席についたわたしをしげしげと見つめて彼女は言った。

「素晴らしいわねぇ〜若いって！　これからいろんな未来があるのよねぇ。楽しみじゃなぁい！」

キョトンとしたわたしの表情を見て、またさっきみたいにクルッと身体の向きを変え、乗り出して父に同意を求めた。

「楽しみですよねっ！　シマオさんっ！」

そうかなあ、とわたしは思った。来年になれば受験、その前にも塾やら学校のテストもあるし、冬には大嫌いなマラソン大会もあるし。自由にできるお金だってないし、かといって使い道もわからない。楽しいこともあるけど、それはせいぜい学校という空間の中での話だ。

父の新しい友人は顔をわたしにグッと近づけて、また感嘆した。

「すごいわぁ！　毛穴も全然ない！　どうやったらこんなお肌になるのぉ？　いいわねえ〜」

そうかなあ、やっぱりそう思った。いくら肌が綺麗だって美人でなければ意味がない。男子はわたしを「眉毛が濃い」だとか「目が出ている」だとか言って馬鹿にする。柔道部の男子なんて部活中に「島尾にはスネ毛が生えてる」といってわざわざからかいにやって来る。ああ、イヤだイヤだ。

大人は、お化粧もパーマもできて、お金を好きに使えて、オシャレを楽しんで、好きな仕事について……それに恋人だってできるじゃないか。子どもでもない、大人でもないわたしたちには、楽しいことよりも面倒なことの方が多い気がして辟易《へきえき》していたのだ。

「ねぇねぇ、今の中学生って、どんな生活送ってるの？　教えて頂戴」

揺れるイヤリングでリズムをとりながら、彼女は好奇心いっぱいの視線でわたしに質問をしてきた。

えっと、火曜日と木曜日は学校が六時間目まであって……夜は塾があるからお弁当を持って塾に行って……帰って来るのは夜九時くらいで……。

「今日は塾じゃないのね？」

「はい」

「休みの日は？　映画観たり、お買い物？」

いいえ、休みの日も部活の試合があったり、別の塾の模擬試験があったり……映画はほとんど観ないです……。音楽？　ラジオは聴くけど……。

彼女は、不服そうな顔をしながら頬杖をついてわたしの話を聞いていた。母はテーブルにできたての春巻きを置きながら、

「最近の中学生は忙しいみたいなのよ」

と言った。たしかにわたしは忙しかった。小学生まで毎年同行していた両親の中国への取材旅行も、中学生になってからはとんとご無沙汰だ。すると彼女は、

「わたしの中学時代は、好きな本や映画で溢れていたけどなあ」

と嘆いた。

「今しかできないことって、あると思うの」

父の新しい友人は、わたしに名刺を渡して帰っていった。夜、部屋でわたしはその名刺を日記帳に貼り、彼女の似顔絵を描いて、眠りについた。

# 背中の文字

小学校中学年くらいに、相手の背中に指で文字を書いて当てる遊びが流行《はや》った。最初の頃は一文字ずつ当てていたのが、そのうち「うんち」だったり「おなら」だったり、おふざけをするようになって。相手へのメッセージを書く子もでてきた。

「あそぼう」「いっしょにかえろう」

途中で答えがわかってしまうから、一気に何文字も書く。

「もう一回！　もう一回！」

わたしは遊びそのものよりも、友だちの指が背中を滑る感触が好きだった。

服が縒《よ》れるとうまく書けないから、背中を丸め、裾を引っ張り、シワをのばす。

「ねえ、ねえ、書いて。当てるから」

ある日、アカネちゃんにそう言って背中から近づいた。アカネちゃんは、

「いいよ」

と言ってサッとわたしの背中に文字を書いた。

「ん？　もう一回！」

「もう一回だけね。書くよ」

「うん」

アカネちゃんの細い指が、わたしの背中に文字を書いた。

「ほ」「て」「る」……「ホテル!?」

「当たり！」

アカネちゃんはニヤッと笑って、スキップでその場を立ち去った。

わたしは、なんだか無性にソワソワして、どうしてアカネちゃんはあんな言葉を書いたんだろうとか、色々考えて、それからはその遊びをするのが少しだけ怖くなってしまったのだった。

# 明大前

高校時代の男友だちAと、彼の父親に会いに分倍河原《ぶばいがわら》へ行った。半年前に母親を亡くしたAは、分倍河原にひとりで住む父親を頻繁に訪ねているという。

「この間なんて、二人で映画観に行っちゃったよ」

照れ笑いしながら、そんなワケでそろそろ男同士も飽きたから、と、以前から面識のあるわたしが食事相手に呼び出されたのだ。

待ち合わせは駅近くの洋食屋だった。お父さんは思ったよりも、元気そう。

「悲しい気持ちと、心配事からは解放された気持ち」という吐露。一〇年近く闘病していたお母さんの様子をAから度々聞いていたわたしは、ウンウンと頷くことしかできなかった。

お母さんの思い出話に始まり、Aの弟とわたしの意外な共通点、最近お父さんが通っているというコストコの話、新しいapple製品の使い心地などなど……アチコチに飛ぶ話題も誰かが拾って投げ返す。まるで家族の食卓のような時間をわたしたちは楽しんだ。

その日はまだ寒かった。帰り道は、ビーフシチューと赤ワインで温まった身体をコートとマフラーで包み、駅へ早足に向かった。

改札で手を振るお父さんと別れ、来た電車に飛び乗ると顔を上げ路線図を見たAが言った。

「これ、急行だから明大前で乗り換えだなあ」

そして続けて、

「明大前、懐かしいな」と。

その言葉にピンとこなくて、わたしは明大前の記憶を探した。

知り合いが通うブラジリアン柔術の練習を見学したのと、仕事で訪ねた劇団の事務所と、古着屋と……。これといった出来事も、ましてやAとの思い出も、浮かばない。

でも、たしかに明大前って懐かしい響きなんだ。

「思い出せない。降参」

クイズでもないのに白旗をあげたわたしに、Aは一言。

「ブイモギ」

「ブイモギ……ああ！　Vもぎ！」

『Vもぎ』とは、高校入試を控えた中学生が学校単位で受ける模擬テストで、学校は別だけれど同じ学区だったAとわたしは『Vもぎ』の会場である明大前の日本学園に数ヶ月に一回足を運んでいたのだった。

「だから駅前に妙に見覚えがあったんだ……」

休日なのに制服を着て試験会場へ向かう憂鬱、他校の生徒とないまぜにされる不安、男子校である日本学園に足を踏み入れる不思議な緊張感が蘇った。

中学三年生にしてウブなわたしは、マクドナルドに寄り道とか、帰りに渋谷まで遊びに……なんて勇気もなく、筆箱と教科書の入った学生カバンを抱え、下高井戸《しもたかいど》で世田谷線に乗り換え、売店で買った「ハイチュウ」を車内で頬ばりながら家路についたのだった。

「Vもぎ、かぁ……。ヘンな名前。また受けてみたくない？」

「オレ、もうイヤだよ！」

試験の結果は、しばらくすると学校に届く。そこには志望校の合格ラインに届いているか否かABC判定がついている。正解不正解全てコンピューターで処理されているシステマチックな感じが、キライではなかった。学校の先生の書く○や×には私情が込められているような感じがしたから。

試験はもうイヤかもしれないけれど、受験とかもうウンザリかもしれないけれど。

みんなあの頃若かった。Aのお母さんも、元気だった。

# 本屋のある銭湯

女友だちと交わしている「おばあちゃんになったらみんなで一緒に住みたいね」という口約束が常に頭の片隅にあって、たまに思い出してはどんな間取りでどんな暮らしをしてみたいかナ、などと妄想する。

同じ建物でそれぞれの店を開いて暮らすのも楽しそうだ。彼女らは開業できる仕事についているる。わたしは開く店などないので、自分の事務所でも置くかな、と思っていたが、本屋も良い気がする。

ミホちゃんは一〇年ほど銭湯で働いている。ボイラー技士の免許も取得済みなので、ミホちゃんには銭湯を開業してもらい、その横でわたしが売店兼本屋を開こう。タオル、シャンプー、石鹸《せっけん》、剃刀《かみそり》と一緒に。タオルは店の名入り、シャンプーなど化粧品は安価なものからオーガニック系まで何種か揃えたい。本は週刊誌、絵本、文学など基本のラインナップを置きつつ、同人誌を入れてみたい。

自費出版のイラスト集、コミック、小説など、全国を探し歩いて仕入れるのだ。

わたしは小学校三年生の頃、学級文庫に自分で雑誌を作って並べていた。自分で取材した記事を載せ、マンガ連載をもった。その作業はなかなか楽しくて、どうしたら他人の興味を引き出せるかを考える訓練になったと思う。

銭湯の端っこに机を置いて、常連の子どもやおばあちゃんと雑誌作りをして、店に置いたら楽しそうだ。

売店のラインナップに銭湯定番のコーヒー牛乳がないのは、喫茶店を併設するから。喫茶店の娘アコちゃんを店長にしよう。

銭湯の内扉と外からの扉どちらからも入店できて、湯上がりの人にまじってコーヒーを飲める店となる。ここでもみんなで作った本が読めたらいい。

二階は歯医者のユキちゃんに開業してもらう予定。三階、四階をわたしたちの住居スペースにしよう。ベランダ、屋上には植物を沢山置きたい。ガーデニングはユキちゃんの得意分野でもある。

友人同士の経営は金銭面で決別することが多いらしいので、経理は専門家に任せようと思う。事前に契約書を交わし、決して友情が壊れることのないようにしたい。

# Tさんの家

「お、久しぶり。赤ちゃんとは、はじめましてやな」

一〇年ぶりに会うTさんは、わたしと傍らにいる息子の顔を確認し、小さな手をとりウンウンと頷いてテーブルについた。

一六年前、東京を離れるまでTさんが住んだ千歳《ちとせ》船橋《ふなばし》。彼女のお気に入りだった中華料理店がわたしたちの待ち合わせ場所だ。

「肉団子が美味しかったんやけどな」

Tさんは呟《つぶや》いて、ランチメニューをピラピラと何度も往復した。肉団子は、メニューから消えていた。

「そっか、そっか」

気を取り直し、野菜炒《いた》めを注文。

「久しぶりやしちょっと緊張やな」

ちらりと視線を合わせ、すぐにそらす。二人で照れ笑い。

高校生の頃、両親に連れられて行ったギャラリーで展覧会をしていたのがTさんだった。在廊していた彼女と親しくなり、我が家で食事をしたり、FAXで文通のようなことを始め、わたしはTさんが一人暮らしをする一軒家へ遊びに行くことがあった。

その日、千歳船橋駅に初めて降りた。Tさん三〇代、わたしは高校生。千歳船橋はわたしの住んでいた豪徳寺から二駅隣にある。もう二駅隣は、成城学園前駅。

ちょうど進路を美大に決めた頃だった。憧れの業界の先輩であり、趣味やファッションにも彼女にしかないセンスを持つTさんに、一目置かれたい、という思いがわたしにはあった。ダサかったら格好がつかない。Tさんと会う時は、服を数日前から選んだ。家へ着て行く服は決めた。原宿の古着屋で買ったばかりの黒地に虎の刺繡が入ったチャイナ風チビTシャツ。これしかない、と思っていた。

FAXで送られてきた、イラスト入りの地図を持ってTさんの家を探した。スポーツジムの脇の小道の先を曲がって……木造アパートの前を通って数分。家の外までカレーの香りがした。Tさんがわたしのためにドライカレーを作ってくれたらしい。部屋には民藝品、レトロなオモチャ、カエルの置物などのコレクションが並んでいた。

「奥は物置やし、二階は仕事部屋やから、この部屋だけしか見せられないけど。ごめんな」

虎の刺繡のチビTは、鳴りを潜めていた。わたしが選んでいるのは、流行りの〝それっぽい〟

もの。Tさんが持っているのは、本物。

ドライカレーを食べた後、Tさんは小さなブラウン管テレビでヤン・シュヴァンクマイエルのクレイアニメを観せてくれた。

『男のゲーム』

『闇・光・闇』

『対話の可能性』

帰りにはトモフスキーのカセットテープと漫画『ぱんこちゃん』をわたしに貸してくれた。どれも、後から買い直した。

「高校生の友だちができるなんて、面白いわ」

Tさんがわたしを「友だち」と、言ってくれた。

その数ヶ月後にTさんに誘われて、トモフスキーのライブへ行った。ライブ前に、「ハイチ」のドフイカレー。Tさんはハイチコーヒーに香りづけのブランデーをたらす飲み方を教えてくれた。

Tさんが大阪へ引っ越してからも、関西へ行く用事があれば連絡を取り食事をした。その度にTさんは自分のお気に入りの店に連れて行ってくれた。ここ一〇年はお互い都合がつかないことが続いたが、LINEやSNSで再び交流するようになり、今回、Tさんの上京の折に千歳船橋での再会となったのだ。

ランチの後、入った喫茶店で話すこと三時間。

新幹線の時間が迫る中、喫茶店を出て、わたしたちはTさんの住んでいた家へ行ってみよう、となった。

「ええっと、コッチ右……」

一六年ぶりの道を慎重に。スポーツジムは三年前に無くなっていた。

「あ！　あのアパート、あの角曲がってすぐやわ」

木造アパートはそのままだった。外階段がずいぶん錆び付いていたが。

「あってる、あってる」

Tさんもわたしもおでこに汗。立派なお屋敷の庭先で桜のつぼみがぷっくり膨らんでいた。

足早にアパートの角を曲がると、Tさんの家は縦に細長い、建売住宅に姿を変えていた。玄関先には電動ママチャリ。

「そっか、まあ、そうやろな」

わたしたちは回れ右をして木造アパートの前を通り、駅へ向かった。このアパートは、もうちょっとがんばってほしいな。

「ま、あの場所に行けただけで……」

ウンウン、Tさんは頷きながら荷物を抱え、大阪へ帰って行った。

第三章

# 家族って、再び

# 豪徳寺を離れて

子どもが生まれて、豪徳寺を離れた。

〝離れた〟と言ってもそんなに遠くへは行っていない。豪徳寺から徒歩一五分の田園都市線沿線にマンションを借りたのだ。

三六年同じ場所に家族と住み続けた身としては駅の景色が、いつも使うスーパーが違うだけでなんだかおかしな気分だ。越して半年以上経っているが、まだポイントカードを作っていない。豪徳寺のスーパー「トップス」に申し訳ない気がするのだ。コンビニでさえ「なんか違う」感じがする。豪徳寺のコンビニはその前の酒屋時代から馴染みなんだ。

スーパーのレジで、

「カードはお持ちですか？」

「いいえ」

「失礼いたしました」

のやりとりをする度に思う、ああ、豪徳寺、豪徳寺が一番。

最近になって、豪徳寺周辺は様変わりした。世田谷線の線路沿いにオシャレなカフェと和菓子屋さんが並んで開店、駅前のりそな銀行もこの夏に建て替えがあり、リニューアルオープンした。わたしが子どもの頃、りそな銀行は「協和銀行」だった。協和銀行の建物は屋上に梯子《はしご》のついた出っ張りがあって、わたしはそれを煙突だと勘違いしていた。なぜ協和銀行には煙突がついているの、と聞くと父からは「いらなくなったお金をこっそり燃やしているんだよ」と教えられた。それ以来、わたしはかなりいい歳になるまで、お金は増えすぎると銀行で燃やされるものだと思っていた。

父には他にも豪徳寺で嘘をつかれた。あの銭湯のお湯は鶴の出汁《だし》をとっているから鶴の湯なんだよ、あのカフェは夜になるとカエルの店長がお酒を入れてくれるんだよ。

協和銀行はその後、協和埼玉銀行、あさひ銀行、りそな銀行と名前をかえたが、屋上の梯子はそのままだった。

しかし、今回の改築でついにそれは消え、父がわたしについたたくさんの嘘の中のひとつが消えてしまった。

豪徳寺には、まだ答え合わせをしていない父の蒔《ま》いた嘘の種がある。

豪徳寺には、いずれ、戻ろうと思う。

## おばあちゃんの部屋

一階の居間のテレビで流行りのバラエティ番組を観ていると、

「そんなの観て面白いの？」

「馬鹿馬鹿しい！」

いつも両親の横槍が入る。ちっともゆっくり楽しんでなんかいられない。

だから、わたしは二階にあるおばあちゃんの部屋へ逃げ込む。親が鬱陶しくなったり、怒られて居心地が悪くなった時もそこが避難所だ。

部屋にいるおばあちゃんは、だいたいエプロン姿のまま座椅子に腰掛けてテレビを観ていた。どんなにくだらない番組を観たって一緒に大笑いができる。宿題は？　公文式は？　なんて聞いてこない。図工の作品、作文の出来を冷静に批評したりしない。おばあちゃんは膝枕で耳かきをしてくれて、マホちゃんは可愛いねえ、西田ひかるにソックリだね、なんて言ってくれる。

楽しい中にも緊張感がある両親との暮らしの中で、おばあちゃんは全てを受け入れてくれた。おばあちゃんの部屋に行きたい。そう思うことが今でもある。

## おじいちゃん

カーディガンにループタイ、パイプ煙草を燻せ、ロッキンチェアで新聞を読む。慶應ボーイだったので、ラグビー観戦は早慶戦になると一層熱が入る。日課は夕方の散歩。ベレー帽を被り、ステッキをついて行きつけの喫茶店まで。そこでコーヒーを飲み、また、新聞を読む。髪はMK5が香る。

たくさん本を買ってくれた。『ヘルマン・ヘッセ全集』『O・ヘンリー全集』『蜘蛛の糸・杜子春』『はてしない物語』『モモ』『注文の多い料理店』『星の王子さま』『シャーロック・ホームズ』……。俳句の会に通い、自分でも詩をしたためたりしていた。学生時代に人形劇団の立ち上げに関わってもいる。新聞記者を目指す文学青年だったらしい。買ってもらった本たちは未読の後ろめたさとともに今も実家の本棚に収められている。

いわゆる〝父親らしさ〟〝母親らしさ〟とは別の世界にいる両親と暮らしたわたしにとって、おじいちゃんとおばあちゃんの存在はそのものズバリの〝おじいちゃん〟と〝おばあちゃん〟。

しかし、一番本音が見えないのがおじいちゃんだった。

晩年、寝たきりで認知症になったおじいちゃんは、それまでの穏やかさとはうってかわって大のワガママおじいちゃんになってしまった。ひとりになるのを寂しがり、死ぬのを怖がった。元気な時はノートに「延命治療ハ望マヌ」なんて書いていたけれど、いざ寝たきりになると死ぬもんか、できるだけ長生きしたいと駄々をこねた。

ある夜、酔っ払った父がおじいちゃんの寝ている介護ベッドに入ってオイオイと泣いた。

「なんでこんなにワガママになっちゃったんですかー」

酔っ払いに叩き起こされ、迷惑そうにするおじいちゃん。

母とわたしは苦笑い。

後から聞いたのだが、父はその時おじいちゃんに愛人はいたのかなんてことも聞いていたらしい（いなかったとのこと）。

かつてのおじいちゃんとの生活も穏やかだったけれど、認知になってからのお互いに言いたいことを言い合う賑やかな暮らしも、大変だったけれど悪くはなかった。

マヤの暮らし

ジッタンが亡くなった後しばらくして、マンマーは白いお城のような一軒家を建て、そこでマンマーとマヤ二人の生活が始まった。家の敷地を出るのは買い物の時くらい。移動はタクシー。人間関係は限られた親戚、知人の数人だけ。普段の話し相手はペットのインコ「クマ」と犬の「マク」。

開放的な島の雰囲気とは裏腹に、マンマーはマヤと二人だけの閉ざされた世界を白いお城の中に築いていった。

そんなマヤが東京で数年だけ独り暮らしをしていた時期がある。言語障害を起こしていた原因のひとつだった顎の変形を飯田橋の専門医で長期治療することになったのだ。

我が家から徒歩五分内のアパートに契約、障害者支援施設の見学。父は張り切って妹の独立の準備を進めた。以前から事あるごとに、父はマヤに「来たかったらいつでも東京へ来なさい」と声をかけていたのだ。

マヤの東京の部屋は物でいっぱいだった。島から持ってきた私物に加え、たまの買い物で服や小物をたくさん買った。「サニーちゃん」と名前をつけて、実物大ほどある幼児の人形をベッドに置いていた。マヤは失われた時間をぬいぐるみや買い物で取り戻そうとしているのでは、と父。

東京で暮らすうちにマヤはどんどん活動的になった。ひとりでラーメンを食べ歩いたり、施設の仲間と飲み会に行ったり、手話の教室にも通った。言語治療の先生に「このまま頑張れば、話すこともできるようになるかもしれない」と言われて、大喜びで帰ってきたこともあった。

奄美で独り暮らしになったマンマーは、毎日マヤへ電話をかけた。マヤが留守だと、家に「マヤはそこかい」と電話をかけてきた。

マヤが体調を崩して奄美に戻ったのは、東京暮らしが二年になるかならないかの頃。奄美へ帰る時は「引き留められないよう」父が必ず往復切符を用意していたが、この時は片道しか持たなかった。

「もういいでしょう、戻っていらっしゃい」

マンマーの言葉に、マヤは頷き、もう東京で暮らすことはなかった。

「最後に決めるのは、自分だから」

父は悔しそうにそう言って、無理強いはしなかった。ただ、マヤに会うと必ず「来たかったらいつでも」と念を押していた。最後の最後まで、そう声をかけ続けた。

マンマー

「ジッタンはねー、家を出るとすぐに公衆電話から電話をくださったのよー。『ミホ、今○○にいますよ』ってネー。そして次は駅から電話をくださるのよー。『ミホ、これから電車に乗りますよ』ってネー。愛が深い人ネー」

祖母は嬉しそうにウットリと言う。

そんな話を聞いた帰り道、父はわたしに言い聞かせるように話す。

「あれは愛なんかじゃないぞ。本当に好きな相手には自由になって欲しいと思うのが本当なんだ。あれは〝異常〟だよ。愛じゃないよ」

〝異常〟という言葉には抵抗があったけれど、小さかったわたしもマンマーの話には「ジッタン、たいへんそうだな」と思っていた。

そもそも「愛」の意味もよくわかってなかったが。

祖母はいつもその場の空気を支配していて、皆が祖母の様子を窺いながら気分を損ねないよう行動していた。祖父も、息子である父も、マヤも。もちろん、わたしも。

祖母が歌う奄美の子守唄は綺麗だったし、昔話一つひとつにおそろしくなるくらいの魂がこめられていた。特に祖父の特攻隊に特攻命令がでた夜の話などは、その情景を今も頭のスクリーンに映し出せるほど、何度も話し聞かされた。

祖父の亡くなった後は人前では喪服を貫き、遺骨をいつまでも側に置いた祖母。ペットにした歴代のインコは皆最初に「シマオタイチョー」を覚えさせられた。

「やっぱり〝異常〟なのかな」とも思うけど、心のどこかでその気持ちに共感するわたしもいる。

そうありたい、と思う時もある。

ジッタン

ジッタンは小学校に上がる前のわたしを大人の女性のように扱ってくれた。ふたりで喫茶店へ入る時はドアを開けてわたしを先に通し、テーブルには向かい合って座った。まるで、デートのようだった。

「ケーキは美味しいですか」

「ハイ、おいしいです」

「散歩へ行きましょうね」

「ハイ」

ふたりの会話はいつも敬語。

父と母の結婚が決まり、お互いの家族が顔合わせをした時。ジッタンはマンマーのいないところで母に、

「登久子さんのお母さんは美人だね」

と話しかけたらしい。

「普通、そんなこと言わないわよね？」

母は笑う。

そういえば、ジッタンが母を呼ぶ時の「登久子さん」は妙に親しげで、色気があった。

「あの人はスケベだから」

父がジッタンを思い出す時、よく言うセリフだ。

子どもの頃は単なる冗談だと思っていたけれど、今はあながち外れてもいないんじゃないかって思う。

「真帆が六年生になった姿を見るまでは元気でいたい」

生前、よくそう言っていたジッタン。

今思い出すと、当時気づかなかった感覚が、その言葉から匂いたってくる。

## 母とLINE

両親は携帯電話を持たない。「見えない鎖を持たされるのはイヤだ」の一点張り。ひどく機械オンチな母もとっくにあきらめている。「わたしたち以外の人たち、みんな持っているからコッチからかければいいのよ」という理屈らしい。たしかに、両親の〝不携帯〟に不便を感じるのはわたしばかり。主導権はいつもアチラ側にある。なんだか悔しい。

一昨年、父が酔っ払って終電後の三軒茶屋で倒れた。駅の公衆トイレ内だった。救急車から連絡が入り、夜中に母が病院まで迎えに行く事態となった。大事には至らなかったが「今後は携帯を持ったらどうか」と言うわたしの助言も「今度考える」とはぐらかされた。生活を変える気はないらしい。

先日、母がパソコンを新調した。インターネットでニュースサイトを見るのが日課なのだが、一五年近く前の機種が、いよいよ追いつかなくなってきたので、父とわたし、そして息子を引き連れて家電量販店で買い物をしたというわけだ。

家にやってきたピカピカのパソコンで、母はさっそくニュースサイトを開いた。YouTube で香港のデモや、バレエ、外国の赤ちゃんと子犬の癒し動画。今までとは比べものにならないスムーズな動作に母は喜んだ。朝、コーヒー片手にパソコンの前に座る母の姿が浮かんだ。

そこでわたしは閃いた。パソコンに、LINEを入れてみるのはどうだろう。メールはいまだに父がプリントアウトしたものを読み、返信はチラシの裏に書いて父に打たせている母だけれど、LINEを開いて写真を見ることくらいはできるだろう。

このところ、母はわたしの心配ばかりしている。どんな風に暮らしているか、どんなことを考えているかが気になるらしい。わたしはそれを干渉するなと言って突っぱねるだけだった。

口で言うよりも、目で見るものがあれば安心できるかもしれない。

と、いうわけで最近は毎日息子の写真を送っている。母からは返信はないが「既読」がつけば、わたしもひとまず安心だ。

スマホひとつ持てば、すべてが解決しそうなものだけれど。たったこれだけのことを何年も思案して辿り着く。ウチではさほど珍しいことでもない。

## シンゾーさん

息子は父のことを「シンゾーさん」と呼ぶ。母のことは「おかあさん」。

「シンゾーさん」はそう呼ぶ母を真似て、「おかあさん」はそう呼ぶわたしを真似て。わたしは父のことを時々「オトーサン」時々「シンゾーさん」時々「ジジイ」。「ジジイ」は小さな頃に呼んでいた呼び名だ。物心ついたくらいに父から「ジジイと呼べ」と言われてそうなった。

あの頃は、毎日のように近所の小学生男子たちが遊びにやってきては、束になり、父と取っ組み合ってふざけていたものだ。男の子たちはふざけている間にどんどんエスカレートして、父を思い切り蹴飛ばしたり叩いたり。見ていたわたしは怖くなり、

「もうヤメテ！　死んじゃうー！」

と止めに入ったものだった。

実家へ行くと、息子はすぐに「シンゾーさんは?」と父を探す。そして姿を見つけるやいなや「ハーッ!」とタックル。何発ものパンチをくらわし、足に絡みついて離さない。父が息子の脇やムチムチした脚の付け根をくすぐって反撃に出ると、笑い袋のようにケタケタといつまでも笑う。床のじゅうたんに、息子のヨダレの跡。

もう何人も相手にはできないし、息子と戯れていてもすぐにギブアップ。

それでも、二人の遊ぶ様子を見ると子どもたちと思い切りじゃれあっていた若かった父を思い出す。

## 息子

親とのやりとりで感じたことや誰かの親子関係を見て思うことがあれば、自分が親になったらああしよう、こうすべきなんじゃないかなんて日頃から心に留めていたし、小さな子が自転車の後ろで鼻歌を歌っているのを見ると、いつかあんな風に歌う子を乗せた自転車を漕いでみたいものだと思ったりもした。子どもを持ったらどんなだろうと、時々想像はしていたのだ。

でもそれが「欲しい」に繋がるかといえば、そうでもなくて。どうやら自分は子どもを持ちたくないわけではないらしい、ということしかわからなかった。すべきことは他にあるような気もしていいたし。しかし出産にはリミットがある。

わたしは一人っ子。友だちにも親になる人が少しずつ増え始めた。

「うーん……」

子どもができる前のわたしは、そんな感じだった。

一方、心のどこかで親になったら何かが劇的に変わるものと信じていた。生活も、考え方も、立場も。

でも、変わらなかった。それが息子の生まれた後の一番の驚きだった。これまでのわたしと全部地続きで、大切なのはやっぱり自分で、日常も頭の中も今まで通り。

朝、保育園へ向かう自転車の後ろで息子は歌を歌う。わたしはそれを聴く。

あの頃漠然と憧れていた光景。母親としての幸せを噛みしめるはずだと信じていた特等席。

悪くはないのだ。でも、ちょっと夢を描き過ぎていたかな、とも思う。

# 初対面の相手には

会話に困ったら「天気の話」が無難だと言われるが、わたしはその説には異議あり。

「今日は暑いですね」

「ええ、朝は涼しかったのですが」

「最近着るものに困りますね」

「そうですね……」

「……」

途切れる会話。窓の外の街や花壇を眺め、沈黙。暑い、寒いも案外意見が割れる。「今日は朝から寒いですね」と切り出されても「昼間は暖かかったけどなあ」なんて思ったり、こちらが「今年の夏は暑いですね」と言っても相手は「去年の方が暑かったゾ」と胸の内で反論しているかもしれない。

それよりも、生まれ故郷やその人の暮らす街の話を聞くのはどうだろう。話題の場所ではないけど実は商店街に美味しい焼鳥屋があるんです、とか、肉屋のコロッケが有名で毎日行列ですよ、とか。お互いに馴染みのない土地の商店街に思いを寄せるひととき。

さあ、これで初対面の相手との会話は攻略した、そう思っていた。しかし、昨年の春。ある人とのファーストコンタクトに、手こずった。それは、生まれたての息子。

子どもをもつ友人からは「生まれた途端にわたしの子ども！　と実感するよ」「目に入れても痛くないとはこのこと！」そんな風に聞いていたが。息子の顔を見て戸惑った。どんな声をかけて、どんな態度をとったら良いのだろう。どんな人間かも知らぬうちから可愛《かわい》いなどと思えない。ましてや自分を「ママ」と認めることも、出来ない……！　自分の赤ちゃんに「どちらのご出身ですか」は使えない。おくるみに包まれて、ポーッと宙を見る息子に思わず話しかけたのは、

「今日のお外は寒いよ」

天気の話だった。

それから九ヶ月。息子はハイハイで自由に部屋中を動き回り、つかまり立ちもお手の物となった。歩き出すのも時間の問題だ。彼の存在にもようやく慣れてきた。「今日は何しようか」「託児所は楽しかった？」「リンゴと人参《にんじん》が好きなのねえ」。返事は「うーあー」。

誰に抱かれても大人しくしていた息子だったが、先日初めての人に抱っこされて泣いた。

「そろそろ人見知りを覚えたのかもしれないね」

そう言われて、わたしは人が社会の入り口に立った瞬間を目撃したのだと察した。とはいえ、

まだしばらくは家族のぬくもりの中。その向こうに、たくさんの人が待ちかまえている。

息子よ、初対面の人とは「商店街」の話だぞ。

# ピクニック

島尾ミホ『海嘯』解説

祖母・島尾ミホが暮らしていた奄美大島名瀬市内の浦上《うらがみ》にある一軒家は、二〇〇七年に彼女が亡くなって以来わたしたち家族が島へ行く際に利用する別宅となった。わたしたちが奄美を訪れるのは毎年三月（ミホの命日）、八月（叔母・マヤの命日、節踊り）、一一月（祖父・敏雄の命日）の三回とだいたい決まっていて、それ以外の間は無人なので、警備会社に管理を依頼している。

そのため、東京の自宅には時々こんな連絡が入る。

「〇月〇日〇時〇分　侵入を知らせるランプが点灯したため解錠し確認しましたが、異常はありませんでした」

「侵入」はだいたい小さな動物だったりエアコンのつけっぱなしのせいだったりするのだが、警備の報告がある度に主のいない空っぽの家の中の様子と、その庭でそよぐ蔦《つた》を張った薔薇、バンシロの葉が瞼に浮かんでは、フッと消える。

やはりあの家にはもう、マンマーはいないのだなあ。

亡くなってすぐは、奄美大島のどこへ行っても祖母の気配を感じて落ち着かない気持ちだったが、最近ではそんな気配も鳴りを潜めている。

浦上に家を建てる以前、祖母はマヤと二人、同じく名瀬にある佐大熊《さだいくま》という海の見える住宅地で暮らしていた。一九九五年、一七歳になる直前の夏休み。わたしはひとりで彼女たちを訪ねた。三階建ての白いコンクリートの借家は、引っ越してからそれなりの時間が経っていたはずなのに、部屋のほとんどが段ボールで埋め尽くされていて、熱く目の奥まで突くような陽射しと青い空、広い海の景色とは窓一枚隔てて対照的な眺めだった。自宅以外で食事をすることはなく、外出はすぐ近くのスーパーと車で一〇分ほどの距離にある大叔母・和ちゃんの家に行く程度。部屋の中で三人、いつもお団子のようにくっついて、祖母の思い出話を聞いたり、写真を見たり、洗濯物をたたんだり。居間のブラウン管テレビは置物のような佇まいで、退屈な時スイッチを入れたい誘惑に何度もかられたけれどこちらからテレビを観たいなどと言い出せる雰囲気ではなかった。

「奄美大島って沖縄みたいな所なんでしょ？　いいなあ」

「海で泳ぎ放題だね！　ＢＢＱもできたりするの？」

荷物に囲まれた部屋の中から海沿いの景色を眺めては、そう声をかけてきた友人たちと学校で顔を合わせたらどんな夏休みだったと言えばいいのだろうと不安な気持ちになった。幼い頃から祖母は気楽に接することのできる相手ではなかったから、そもそもこの旅にも前向きではなかったのだ。ただ、父に勧められてしぶしぶ一人、飛行機を乗り継いで祖母を訪ねた。普段は祖母との付き合い方には「用心深く」と何度も注意していた父が、どうして急にわたしを祖母の元に送り出したのだろう。東京を離れる前、父はわたしに「わたしの母をよく観察してきなさい」とだけ声をかけた。祖母が島に移り住んでから彼女を訪ねたのは、家族でわたしが初めてだった。島の思い出をなつかしそうに話す父も、祖母のいる奄美へは行こうとしなかった。わたしにとっては、一九八六年の祖父が亡くなる年の夏以来の島だった。

「マホのココは、ジッタン（祖父のこと）にそっくりネー」

そう言って、毎日のようにウットリと愛《いと》おしそうにわたしのうなじや足の甲、手の甲を撫ぜる祖母。東京での暮らしぶりや、家族、進路、趣味のことなど聞いてくることはほとんどない。少女の瞳で、わたしから「島尾隊長」の面影を一途に探しているようだった。思春期のわたしは、困惑しながらもそれを黙って受け入れるしかなかった。

滞在中一日だけ生い茂った深い緑と白砂、静かに波を湛《たた》える海を前にピクニックをした日があった。当時瀬戸内町立図書館に勤務していた澤住男さんの運転で加計呂麻島へ日帰りで遊びに出かけたのだ。クネクネとした山道で車が左右に振れる度、後部座席に祖母とマヤとの三人でくっついて座るわたしたちの身体も右へ左へ、前へとガクンガクン揺さぶられた。一番体重の軽いマヤはわたしと祖母に挟まれて笑って時々「ヒャー」と声を出しながら揺れを楽しんだ。わたしもようやく外の空気に身を置くことができたのが嬉しくてわざと大きく揺れて笑った。祖父が亡くなってから人前では喪服を着ていた祖母が、この時はなぜか普段着だったこともわたしたちの気持ちを明るくした要因のひとつに違いなかった。

瀬戸内の港でお弁当を買って、海上タクシー「でいご丸」で呑《のみ》ノ浦《うら》の入り江へ。祖母は陽射しが眩しいだろうからと言って自分のサングラスをマヤにかけさせた。人よりも少し不自由そうに歩き、言葉がうまく話せないマヤの小柄な身体にそのサングラスはひときわ大きくて、顔のほとんどを覆った。それは動く度にズルズルと鼻筋から滑り落ちそうになる。するとマヤはいちいち両手で一生懸命サングラスを押さえた。なんともうっとうしそうだったが、だからといって祖母に返そうとはせず、その好意を無駄にせんとばかり必死に両手で押さえていた。

また、四〇代半ばにもかかわらず、子どものような体格と装いをしているマヤが濃い紫のグラデーションがかかったサングラスをかけて加計呂麻の自然の中を歩く姿は傍目に何もかもが不釣り合いのように見えて、その光景はわたしの気持ちに影をさした。

マンマーはどうしてこの不自然さに気づかないのだろう。マヤには障害があるとはいえ、すべやかな肌と紅潮した頬、ニッコリと笑うその表情に健康的な美しさが間違いなく宿っているのに。そして、その美しさはこの加計呂麻の景色と何の矛盾もないはずなのに。

そんな風な疑問を心に見え隠れさせながらマヤと貝を探して浜辺を歩いていたわたしに向かって、祖母は芝生に座ったままこう叫んだ。

「マホー！　下着になって泳ぎなさいー！　昔はここでみんなそうしてたのヨー」

澤さんのいる前で……！　わたしはギョッとして、

「イイエ、わたしは泳ぎが下手ですからネー」

と、祖母の口調を真似て返した。

すると祖母は続けて、

「気持ちいいわヨー。下着なんて帰るまでにすぐ乾くわヨー」

と言うので、わたしはもう一度、

「本当に泳げないんですヨー」

と返事をして、声が届かないようさらに離れた浜へ移動して誤摩化《ごまか》した。

帰り道にも祖母は、

「あの入り江で、男の子も女の子も下着で泳いだのョー。裸の時だってあったのョ」

そう言って、わたしが泳がなかったことにガッカリした様子だった。

その夜は佐大熊の自宅でマヤと二人で祖母の子守唄を聴いた。


呑ノ浦の入り江の波のように、行きつ戻りつする心細やかな揺れを祖母の作品から読み取る度に、複雑な心境になる。

マヤと小鳥のクマを道連れに不自然なほど俗世と隔たりを持って暮らしていた祖母が、こんな風に気持ちのさざ波を自分で表現するなんて。あの、わたしが眺めた浜辺のマヤの姿にどうして気づかないでいられるのか。

また、着物や座布団の色、柄まで丁寧に鮮やかに想起させるのに、なぜ人々の記憶に喪服の姿しか残そうとしなかったのか。


初めて加計呂麻島を訪れた二年後に、わたしは再び呑ノ浦へ訪れた。その年、わたしは描いていた漫画本の出版が決まり、雑誌の撮影を祖母と共に呑ノ浦の入り江で行ったのだ。

祖母は、頭からつま先まで黒装束。マヤにかけさせていたような紫のグラデーションがかかった大きな眼鏡をかけて白浜に立った。

「敏雄が亡くなってから、ずっと喪服でおりますの」

撮影隊の誰もがグッと息を止めてその姿を上から下まで眺めている。

わたしは大学に入学して間もなく、初めてのボーイフレンドができたばかりだった。髪を伸ばして、ピンクのスカートとスニーカーを履いて祖母の隣に寄り添った。

二年前と、島の景色は変わらなかったけれど、わたしも祖母も二年前とは違っていた。少し大人になったわたしと、対外的な態勢を崩さない祖母。

出来上がった写真を見て、わたしは二年前がなんだかとても懐かしく、また三人でピクニックに行きたいと思った。

# 鹿児島へ

祖父との最後の思い出は鹿児島・宇宿の家へ遊びに行った小学二年生の夏のことです。初めて一人で乗った飛行機、しばらく祖父母の家で過ごした後叔母のマヤと旅をした奄美大島。今ではそれが何日間の出来事だったか覚えていませんが、祖父母、そしてマヤと過ごした数日間がその夏のすべてになりました。

子どもが一人で飛行機に乗ると、たくさんオモチャがもらえるらしいと聞かされていたので期待していたのです。

しかし、実際にもらったのは幼稚園児向けのピースの大きいパズルと絵はがきでした。飛行機の模型やスチュワーデスの制服を着たリカちゃんを想像していたわたしはガッカリしましたが、そんな素振りを見せたら隣で付き添ってくれている乗務員のお姉さんに申し訳ないと思い、とりあえずパズルを何回か、申し訳程度にハメたり戻したりしてリュックサックにそっと仕舞いました。

通路側の席だったので、窓の外を眺めることもできず、飛行機の中は緊張したまま。知らない人たちの中で、ひとりポツンとしていると、自分をどうやって保って良いのかがわからず、身体中が不安でいっぱいでした。

鹿児島空港に到着して、長い通路をお姉さんと手をつないで歩くと、到着口のガラスの向こうに並んでこちらを向く祖父母、マヤが見えました。

祖父は帽子を被って、マヤはワンピース、祖母はよそ行きの服。

父は東京でわたしたちと暮らしていると下らない冗談ばかりでお酒も楽しく、友人たちともワイワイしていますが祖父母の前では閉じた貝のように寡黙で、無表情。

その理由もなんとなく聞かされてはいましたが、小学校低学年の頃のわたしは、

「ああ、ジジィ（父のこと）はジッタン（祖父のこと）とマンマー（祖母のこと）がキライなんだなあ」

というようにしか理解できていませんでした。

マヤは時々ひとりで東京の我が家へ泊まりがけで遊びに来ることがあったのですが、自分の兄の表情の変わり様に戸惑っていたかもしれません。

わたしたち親子と祖父母の関係はそんな風でしたから、鹿児島空港で祖父母たちの顔を見てもホッとすることはできませんでした。

ひとりで乗った飛行機とはまた違う緊張感が、付き添いのお姉さんの手を離れ祖母の手を握った時にバトンタッチされたのです。

もう片方の手を繋いでいたマヤの手は温かかった。

マヤが誰よりも好きだったわたしは、マヤさえいてくれたら、少しくらいのことは乗り越えることができました。

祖父母の家に泊まるのは初めてではありません。彼らが茅ヶ崎に住んでいた頃にも一度経験しました。

その時は数日前に日航機の墜落事故があり、縁側で立て膝をつきながら新聞を読む祖父の隣でマヤが好きだった坂本九の記事に見入っていたのを覚えています。

宇宿の家には、わたしとマヤのおそろいの服が用意されていました。

白地に小さな青い花柄のワンピース。

いつも赤い服を着ているマヤがそのワンピースを着ている姿はわたしの目に新鮮に映りました。

そして、いつも家ではズボンやキュロットスカートばかりの自分の姿もまた新鮮でした。

マヤの白い肌、わたしの真っ黒に日焼けした肌、どちらにもよく似合っていて、その時に撮った写真は後のお気に入りとなって高校生になるくらいまでよく見返していました。

## 朝食

祖父母の家の朝ご飯は食パンを焼かずにそのまま食べます。スーパーで売っている六つ切りの食パンを、そのまま、です。

東京の我が家では毎朝パンをカリカリに焼き、その上でバターを溶かして食べるのが楽しみだったので、白いパンで始まる一日が少し憂鬱でした。

朝食の後はエビオス錠。

大きな瓶から祖母が家族の手のひらに何錠かずつ配り、それを全員でクイッと。

祖父とマヤは他にも粉薬や錠剤をいくつも飲んでいました。

このエビオス錠の匂いと味はなかなか慣れるものではありませんでした。

到着の翌朝の食卓で、わたしは祖父母の家に来たことをあらためて痛感するのでした。

鹿児島では動物園とプールに行きました。

祖父とは上野動物園に行ったことがありますし、茅ヶ崎の海岸にも遊びに行きました。

祖父は茅ヶ崎の海で遊んだ時と同じように、わたしをプールで泳がせている間チラチラと腕時計を見て何分か経つと、

「〇分経ちましたよ、上がっておいで」

と言って、わたしをプールサイドに上げました。そしてしばらく休ませた後に、

「遊んでおいで」

と、プールへ送り出す、その繰り返し。これが祖父なりの安全な遊ばせ方だったようです。

わたしが濡れた身体でプールとベンチを行ったり来たりする姿を祖母もマヤも楽しそうに見ていました。

わたしも楽しかったのですが、水着を着ているのは自分だけ。プールで泳ぐ時も向こうにいる祖父母たちに気を遣い目を合わせながらプカプカ浮くだけだったので、少し物足りない気持ちでした。

## 奄美大島と和ちゃん

鹿児島で一通り遊んだ後に、わたしとマヤは船に乗って二人きりで奄美大島へ行くことになり

ました。

初めて乗る大きな船。デッキから港を見下ろすとたくさんの見送りの人の中で祖父と祖母がニコニコと笑ってこちらに手を振っています。港に向かって投げられるカラーテープ。テレビで見たことのある光景でした。

帽子を手にゆっくりと大きく振っている祖父。

プールではすぐに上がってきなさいと言うのに、いつもマヤの心配ばかりするのに、二人きりで船に乗せるのは平気なんだなあ。

わたしは行きの飛行機で少し慣れていたのと、マヤがいてくれたことでそこまで不安はありません。マヤがいれば百人力。

しかし、すぐに着くと思っていた船はなかなか着きませんでした。聞けば、夕方に出た船は次の朝に着くと言います。

かすかに揺れている船内。隣のベッドには知らない人。

いくら目をつむっても寝付けず、一睡もしないまま早朝の名瀬港に到着しました。

いつもは少し年上のお姉さんくらいに思っていたマヤがこの時はまるで優しいお母さんのように寄り沿ってくれ、マヤも大人の女性なんだと思いました。

この時マヤは三六歳。

奄美の港に迎えに来ていたのは祖母の従姉妹であり、父の育ての母でもある和ちゃん。和ちゃんは名瀬にある小さくて古い一軒家にわたしたちを連れていき、昼寝をさせました。部屋には色とりどりのお盆提灯が飾ってあり、その奥にはマリア様とキリスト様の像、誰だかわからないけれど色の褪せた家族写真がごちゃごちゃと並んでこちらを向いています。手作りのペン立てやコースター、物がたくさん置かれた机、押し花。決して綺麗な部屋とは言えないその雑然とした空間がとても落ち着いて、すぐにわたしとマヤは眠ることができました。

独身の和ちゃんはその家に一人暮らしをしていました。

奄美での最初の思い出は大きなスイカ。家の近所にある八百屋さん。通りに面した角にある和ちゃんの家に負けず劣らずの古い家でした。軒先にはたくさんのバナナがぶら下がっていて、知っている野菜や果物も東京のものよりずいぶんカタチが大きく、反《そ》り返ったり膨れていたりで、なんだかどれも大いばりしているようでした。野性味溢れるその八百屋でひときわ大きいスイカを選んで買おうとすると、店のおばさんがわたしを見て、

「ハゲー、マヤちゃん？　久しぶりねえ」

と言いました。和ちゃんは笑って、

「ハゲー、マヤちゃんはこっちよお」

と隣にいるマヤを指しました。

わたしはまだ七歳。マヤが奄美大島に住んでいたのはその頃より三〇年ほど昔のはず。おばさんの頭の中では三〇年など一瞬の出来事だったのでしょうか。

そして、小さな頃のマヤはわたしと見間違えるほどに似ていたのでしょうか。

その夜に食べた大きなスイカは今まで食べた中で一番甘くて美味しいスイカでした。


免許をとりたてだった和ちゃんの甥《おい》っ子コウジの運転でお墓参りへも行きました。お墓参りと言えば、その頃は虎ノ門にある母方の祖先が供養されている寺の墓地にしか行ったことがなかったので、岩のような墓石と並び雑草がそこらに生えている墓地は柳の下の幽霊などとても出ては来なさそうな存在感がありました。

お墓参りの後は海岸へ。

祖父のように行ったり来たりはさせず、和ちゃんはズボンの裾をまくって一緒に海へ入りました。わたしは鹿児島のプールで着た水着。マヤは鹿児島の時と同じように和ちゃんとわたしが浅瀬で遊ぶ様子を砂浜に腰を下ろし見ていました。

家に戻って和ちゃんにお風呂へ入れてもらうと、水着の中からたくさん砂が出ました。和ちゃんは丁寧に丁寧に手でわたしの身体を洗ってくれたのです。

夜はコウジや親戚たちも一緒に和ちゃんのちいさな家で食事をしました。食卓に並んだのは郷土料理の鶏飯でした。

テレビでは幽霊と恋をした男のメロドラマが、特に誰が見ているわけでもなく流れていたのですが、物語のクライマックスで胸を露《あらわ》にした幽霊の女性と男性とのラブシーンが始まってしまいました。

わたしがテレビから目を離せないでいると、突然、「ダメーッ」と言わんばかりに後ろからマヤが両手でわたしの目を覆ったのです。

マヤのその機転に周りの大人たちはホッとしながらハハハと楽しそうに笑い、マヤも照れながら笑いました。

やっぱりマヤは大人でした。

マヤの手が離れるとテレビの画面は白くフェードアウトするところで、その映像と部屋の色とりどりのお盆提灯がやけに幻想的に見えたのでした。

奄美から鹿児島へは和ちゃんも一緒に三人で船で戻りました。帰りは個室をとり、ゆっくりと眠れて、時間も行きの半分くらいに感じたのです。

そこから東京へ帰った時は、羽田に迎えに来た母の顔を見て心底ホッとしたことしか覚えていません。

鹿児島でも、そして東京へ帰って来てからも電話や葉書で、祖父は、

「奄美大島での思い出をぜひ、作文にしなさい。きっとしなさい」

としきりに言っていました。

そして、その年の一一月、一緒に夏を過ごしたたった三ヶ月後に祖父は宇宿の自宅で倒れて亡くなったのです。

その時、ちょうど香港を旅行中だった両親。

わたしはまた、ひとりで鹿児島まで飛行機で向かうことになりました。

# ケーキの一件

母が留守の合間にケーキを作った。わたしは小学校低学年だった。

どんなものだったかは忘れてしまったけれど、たしかカステラにフルーツやお菓子をのせただけの簡単なものだった。帰ってきた母を驚かせようという魂胆。なるべく派手に、かっこいいのを作ろうと張り切ったのを覚えている。

しかし、母はそのケーキを見るなり笑ったのだ。

「まあ！　幼稚園生が作ったみたい！」

母にとっては「かわいらしい」という意味合いで言った言葉らしかった。でも、わたしの心にはグサリと刺さった。胸が締め付けられたように苦しくて、悔しくて涙がポロポロと出た。

その様子を見た母は、慌ててわたしを抱き寄せ、頬の涙を拭った。

「ごめんなさい、傷ついたのね。ごめんね」

そうか、この気持ちが「傷つく」ってことなんだ。

母の優しい身体に甘えつつ、それでも消えない胸の苦しさにわたしは再び悔し涙を流した。

母の批評は厳しい。学校で作った工作も、習字も、作文も。好きなものは好き。そうでないものは「わたしは、そんなに……」。お茶を濁したつもりのようだが、その態度は歴然でわたしはガッカリする。かと言って気を遣ってほしい訳でもなく、親バカと無縁でこそ母、なので複雑だ。

小学校の工作展覧会。体育館にズラッと並んだ四年生の「わたしの埴輪」。わたしは誰よりも大きい立派な埴輪を作った。父と母は「元気でいい！」と気に入り、庭のどこに飾ろうか、なんて話しながら帰って行った。後でやって来たノンちゃんのお母さんも、わたしの肩を叩き、「エライ！　よく作った！」と。「同じ材料費払ってるんだったらこのくらい大きいの作らないとね！」

わたしは一瞬面くらったが、父と母にほめられたのと同じくらいノンちゃんのお母さんにほめられたことも嬉しかった。あの埴輪は、会心の出来だったのだ。

## 歩く息子と

息子がお腹にいる頃、仕事で訪れた鹿児島に延泊して街をブラブラと歩いた時のことが印象的だ。初めての〝ふたり旅〟だった。

秋とはいえ、まだ夏のような暑さで、強い陽射しが降り注いでいた。膨らんできたお腹を時々確認するようにさすりながら、朝は漁港の定食屋、昼は民藝《みんげい》店、セレクトショップ、友人おすすめのカフェなどを携帯のマップ頼りに巡った。

「お魚美味しいねえ」

「お、これは使えそうだよ」

「暑いねえ」

大きなお腹は独り言に便利だ。お腹の中で飼っている、小さな金魚に話しかけているような気分だった。

今年の三月。息子が一歳になる直前に、今度は生まれてから初めてのふたり旅をした。祖母の命日のミサをあげに、父の故郷でもある奄美大島へ。

飛行機に乗る時は耳が痛くならないように飲み物をとか、退屈しないようにオモチャと絵本を持ってとか、心配をして普段より余計に荷物を持って臨んだが、席につくと息子はコテッと寝てしまい、用意したものをひとつも出さずに現地に着いてしまった。

奄美大島で息子が励んだのは歩く練習だった。それまでつかまり立ちが精いっぱいだった息子が、奄美に着くなり急に歩こうとし始めたのだ。転んでも転んでも立ち上がり前に進もうとする。朝から晩まで、旅行そっちのけでわたしも、現地で合流した両親もその練習を見守った。

「一、二……あーっ、転んだ!!」

その一挙手一投足に声をあげながら、残暑の中お腹にいる息子と旅した日を思い出した。あの時は、まだわたしの一部だったのに。

今では一丁前に自分の足で歩く彼は、日々スーパーマーケットを、公園を、旅している。おいおい、もう少し、ゆっくり歩きなさいよ。

第四章

# あの日、あの街

# 思うままに

小学校の図画工作担当は、五〇代くらいの女性のY先生。紺色のジャケットとパンツに、えんじ色のタートルネック。直線にそろえた前髪に長い黒髪をうなじの下あたりでギュッと縛って、いつもニコニコ。化粧気はなかった。〝女版金八先生〟みたいな佇いのY先生は、どの生徒にとっても、少し不思議な存在に映った。

授業の冒頭で絵本の朗読を聞いて、そこから想像する絵を描こうという課題があった。「自由な発想で」と先生は言うけれど、わたしはその「自由な発想」という言葉に縛られていつも難儀していた。

表紙のデザインや、朗読中の先生の手元から見える挿絵からどうしても離れることができない。オリジナルのキャラクターを作ったり、ダイナミックな構図で描いているクラスメイトの絵に驚き、その奔放さを羨ましく感じた。

世間話が好きなY先生は、子どもの頃の話からつい昨日あったことまで、クレヨンを持って画用紙に向かう生徒の背中へ向けていろいろとおしゃべりをした。

「先週の日曜ね……」

その日の絵本は『エルマーのぼうけん』。

「子どもたちが遊園地でジェットコースターに乗ってきたのよ。わたし、ジェットコースターってだいきらい。あんなものよく乗るわよねえ」

先生には娘が二人。わたしもジェットコースターはだいきらいだ。

「子どもだけで行ったの？」

誰かが顔を上げて質問した。

「いいえ、娘たちの父親とよ。三人ともジェットコースターがだいすきなのよ」

「ふーん」

〝むすめたちのちちおや〟

わたしはその言い回しがどうしても気になって、授業終わりに何気なく先生に聞いた。

「ちちおやって、ダンナさんのこと？」

「そうよ、ダンナさんだけど、一緒に住んでないの。ハハハ！」

先生はいつもの笑顔でカラッと言った。

「でも、仲良しよ！」

ちょっとビックリして、でも先生の「仲良しよ！」はなんだか力強く、話はそこで終わった。

仲良しなら一緒に住めばいいのに。ジェットコースターは嫌いでも、遊園地には一緒に行ったらよかったのに。

黒板に白いチョークで書かれた、

「思うままに」「感じるままに」

わたしに暗示をかけていたそれらの言葉は、Y先生によって、さらに難解なものとなった。

# Kさんからの便り

小高は父方の祖父、島尾敏雄の故郷である。Kさんはそこで祖父と作家・埴谷《はにや》雄高《ゆたか》の資料が展示されている「埴谷・島尾記念文学資料館」に関わっていた。

出会いは二〇〇九年。小説『死の棘』のモチーフとなった祖父の日記の整理を家族、出版社、鹿児島の文学館のスタッフ、さらにわたしの大学の同級生まで動員して奄美大島の自宅で行っていた時のこと。

その日、整理を終えたわたしたちは、はるばる福島から資料整理の視察にやって来たKさんと部下のTさんを誘って懇親会を市内の郷土料理店で開いた。かしこまった雰囲気で始まった会だったが、ほどなくして酔ったKさんの宴会芸が始まった。

「ストライク！　バッターアウトー！」

背広を後ろ前に着て野球の審判。

「キーコー」

伸ばした鼻毛の弦と箸の弓で奏でるバイオリンのパントマイム。

「では、これからちょっと録音に行ってまいります」

キョトンとする一同。

「音入れ……オトイレ！　へへへ！」

昼間、資料と向き合い物静かな印象だったKさんが、酒の席で突如素顔を現した。わたしたちはチャーミングなKさんのことが大好きになった。

奄美から帰った後、農事が趣味のKさんから自宅で採れたお米、ゆず、ウド、松茸《まつたけ》が送られてくるようになった。春には、段ボールの隅に庭の泥付きつくしがオマケに添えられていた。福島からやって来る、季節の便り。Kさんはもうすぐ迎える定年退職に備え、トラクターを購入したという。

東日本大震災が起きたのは、Kさんが退職を二〇日後に控えた日のことである。

小高区に住む島尾家の本家と連絡がとれない中、まず電話がつながったのは役場にいるKさんだった。

「何かあったら連絡すっから。そっちも気をつけて」

Kさんの力強い声は、次々と湧いてくる噂と情報の渦の中でおぼれかけていたわたしを引っぱり上げてくれたようだった。本家と連絡がとれたのはそれから約一ヶ月後のこと。埼玉スーパーアリーナが小高区の避難所になっていると知り、そこで片っ端から本家の人々の名前を尋ね、ようやく他の避難所にいる彼らの安否を確認したのだ。

震災から一年半が過ぎ、両親はKさん夫婦を奄美大島へ招待し、わたしたちは共に島での時間を過ごした。

懇親会をした時と同じ郷土料理店で、Kさん夫婦は料理をひとつひとつ丁寧に眺めた。

「タイモは福島ではなかなか食べねな」「コレは島瓜《しまうり》だ」「あっちのは……」

ふたりは野菜の種類、育て方などああでもないこうでもないと話し合いながら口に運んでいる。

そしてKさんは言った。

「イイですナァ〜」

Kさんの収穫物は本当に美味しかった。味が濃くて、皮がしっかりしていて、粒の主張が強くて……。

震災以降、Kさんは自宅の収穫物の代わりに、放射線量検査の証明書がついている市販の桃やりんごを送ってくれるようになった。

「検査済みだ。よかったら食べて」

Kさんからの季節の便りはもう、来ていない。Kさんは、震災から数年後に病に倒れ、亡くなってしまった。

Kさんの庭のつくしは、今年の春も芽を出すだろうか。

# 小さな生き物と

いつだったか、わたしがハエを殺したハエ叩《たた》きを洗うついでに死骸も流してしまおうと洗面台に立つと、その場にいた友人のMくんから「ハエはゴミ箱に捨ててやってくれ」と頼まれた。ゴミ箱に捨てれば〝火葬〟できるからだそうだ。殺したうえに水攻めはあまりにも無慈悲だ、と。そこでわたしは肌に優しい少し高価なタイプのティッシュを選んでぺしゃんこになったハエの死骸をソッと包みゴミ箱へ捨てると、Mくんはフムフムと納得したような顔をしてそれを眺めていた。Mくんは、後にドイツへ移住した。

小学校の頃、なんでもかんでも「かわいそう」と言ってまわる女の子がいた。歩いていると「○○ちゃん、今虫さん踏んだ！　かわいそう！」。ゲンゴロウの観察をしていても「やめて！つっついたらかわいそう！」。しまいには給食のお肉にまで「かわいそう！」。でも彼女の家は魚屋だった。それを指摘すると「魚はいいの！」と胸を張って言った。

同じ班にいたOくんは、昼休みになると校庭の端っこで蟻《あり》をオヤツに食べる変なヤツだった。「レモンみたいに酸っぱくて美味しいんだぜ」と、真顔で言う。いつからか「Oくんのお腹の中に〝蟻地獄〟ができた」という不思議な伝説までうまれた。Oくんは変人から超人として尊敬される存在に。同じ頃、女の子の間では花壇の花の蜜を吸うのが流行して、子どもたちが学校のいたるところで葉っぱや花や蟻を食べるという事態になり、朝礼で先生から「給食以外の物を食べないこと」と注意された。

中学で隣のクラスだったWくんはとにかく爬虫類《はちゅう》に魅せられていた。ノートの端っこにはいつもトカゲの落書き。学生カバンには通い詰めている爬虫類専門のペットショップのステッカーを貼っていた。彼と仲良くなると、そのステッカーがもらえた。わたしも一枚持っている。実家のクローゼットの扉に貼ってある。Wくんは二年生になってすぐに大阪へ引っ越すことになった。お別れの日、彼は先生に許可をもらって一番のお気に入りのカメレオンを肩に乗せて登校した。Wくんはしみじみと言った。「一度、コイツをつれて学校に来てみたかったんだァ」。Wくんはとても誇らしげな表情で転校していった。彼は引っ越し先で今も爬虫類に囲まれて暮らしているそうだ。

幼稚園生の頃通っていた「お絵描き教室」では、猿が飼われていた。ちょうどその頃のわたしたちと同じくらいの背丈で、先生の自宅兼教室の裏庭の小さな檻《おり》に住んでいた。先生の家族にとても可愛がられていたが、その猿が怖かった。目の奥が恐ろしくて、なんだか意地悪にも見えるような気がして、皆は帰り道に猿に挨拶をしていたけれど、わたしはそうしないで帰っていた。

特に何があった訳でもないのに好き嫌いを決めつけている罪悪感もあった。

先日ふとそのお絵描き教室のことを思い出して母に話してみると、母は言った。

「ああ、あの猿ネ」

# 京都で買った包丁

豪徳寺にある実家には、あらゆる土地からやって来たあらゆる物が所狭しと置かれている。タンスの上や本棚の隙間、窓枠にまで、雑貨、日用品、ガラクタが並ぶ。それらは家族が三〇年以上前から旅行や仕事、墓参り、ひいては病院の検診の帰り道など様々な場所で集めて来たものだ。買ったものだけではなく、海岸で拾った石、何かの種、葉っぱ、乾涸《ひから》びたトカゲの死体までもがインテリアの一部となっている。前に、拾ってきたものは風水で……といった人から聞いた話をしてみたものの、母の返事は、

「あっそ」

とだけ。

友人知人からの土産品も加わるから地層は厚くなるばかりだ。行き場のない物をわざわざうちへ持って来る人までいる。「この家ならもらってくれると思って……」つい勢いで買ってしまった人形、貰い手のない絵葉書、逆さにするとヌードになるボールペン。家族の土産と同様、かなりの年代物もある。その一方でアンティークと化した置物の間に「まりもっこり」や「ご当地キ

ティちゃん」も顔を覗かせているからなかなかおもしろい眺めだ。

台所にある食器や調理器具の出身地もそれぞれ。鍋を洗うブラシは父と母がポルトガル旅行中に、食器洗い用スポンジはわたしが熊本の雑貨屋にて気まぐれで買った。引き出しの中にある林《りん》檎《ご》専用カッターはスウェーデン、菜箸は沖縄、蒸し器と木ベラは香港。独身の友人がロシアで衝動買いした子ども用の帽子は行き場に困ってウチにやってきた。母がティーポットカバーに変身させて活躍中。

先日、実家で食事の準備をしている最中に自分の使っている包丁が、小学四年生の時京都の親戚を訪ねた帰り両親にせがんで買ってもらったものだと思い出した。当時家ではアヒルを四羽飼っていて、わたしはエサやりのために、朝晩大量の菜っ葉を切り刻んでいた。

餌の菜っ葉は近所の八百屋で野菜クズをもらったもの。細かく切ったそれらと鳥のエサをザクッザクッと混ぜ洗面器に盛って庭の真ん中に置く。するとアヒルたちがダーッと群がり、一斉に洗面器へ首を突っ込む。アッという間に空になった洗面器の底はクチバシでつつかれてボロボロ。一年もすれば穴が空いた。さらに大きなタライに水をたっぷり入れて、小屋の掃除をしてから学校へ行くのが日課。その包丁さばきは小学生にしては一丁前で、興に乗ったわたしは自分専用の道具が欲しくなり、京都の街でたまたま通りかかった刃物専門店で自分で選んだ包丁を買ったのだった。

思い出の包丁を握っていて、細かな記憶が蘇ってきた。エサやりの時、始めはサンダルを履いていたが水が靴下にかかってしまい具合が悪いので途中から風呂場用ブーツで庭に出ていたこと、菜っ葉と鳥のエサを混ぜるのに使っていたお玉は白いプラスチック製のもので、アヒルがいなくなった後猫のトイレ砂を掬《すく》うのに用途が変わったこと、アヒルを小屋に追い込むのに近所で拾った角材を振り回していたこと、飼い猫のミケよりアヒルの方がずっと強かったこと。アヒルたちは当初四羽それぞれに名前があったが、すぐに面倒になり全員「ガーコ」と呼ばれるようになった。

ふとした時に楽しかった時間を振り返るには、思い出の品は欠かせない。捨てなくて良かった、と思う。

# 冬の寒さ

「う〜寒い〜寒い〜」

昔は冬が寒かった。特に中学生の頃は。

校則よりも厳しい「先輩・後輩」の令により、下級生はコートはおろかセーター、マフラー、手袋もつけてはいけなかったのだ。寒いからと耳当てでもしようものなら、下駄箱で二年生が、

「シマオさぁん、ソレ止《や》めたほうがいいよぉ」

と、忠告をしに来た。それを無視すると、次の週には三年生が廊下の向こうからこちらを見て手招きをする。

髪を結ぶゴムの色、靴下の折り目、スニーカーの結び目。ついこの間まで小学校では「ちゃん」付けで呼びあった上の学年の友だちが「〇〇先輩」と呼ばないと振り向いてくれなくなっていた。

当時はヒートテックなどなく、同居していたおばあちゃんの肌着を借りて着ていた。「ダイアナ妃もご愛用」にひかれて祖母が買ったものだ。

レースやリボンなど女の子らしいものをつける子が増え始める年頃。同級生で〝婦人用肌着〟を着ている子などほとんどいなかったから、着替えのある日は恥ずかしかった。制服のシャツの第二ボタンまで外して肌着といっぺんに脱ぐ方法を考えたり、着替える姿を見られないよう前の授業が終わるやいなや教室を出て更衣室まで走ったり。でも、結局バレて、

「マホちゃん、またババシャツ着てるー」

とからかわれてしまうのだった。

だから寒い冬は早く終わってほしかったけれど、好きな光景もあった。

陽のとっぷり暮れた部活帰り。通学路から一本外れの道に銭湯がある。わたしたちは木枯らしの吹く中遠回りをしてそこに集《つど》った。その銭湯の煙突で暖をとるためだ。煙突の根元に手を当てるとジンワリ熱が伝わってまるでお風呂に入っているかのように温かい。冷えきった指先からゆっくりと身体が温まっていくのがわかる。

ある子は両手の掌をピッタリとくっつけて。ある子は背中をくっつけて。ある子は大きな煙突を抱きかかえるように頬っぺたも足も全部くっつけて。

煙突の横にある自動販売機の灯《あか》りが暖炉のように優しく感じた。先客がいると諦めたり、後から別の部の子が来ると譲ったり。厳しい上級生も、煙突で暖をとることについてはとやかく言わなかった。

寒い日は、今も銭湯の煙突を探してしまう。あると、つい手を当ててみてしまう。なぜだろう、あの頃のように芯から温まるような熱は感じない。

# 夢と現実の仙川

千歳烏山《ちとせからすやま》・仙川《せんがわ》は、小田急線沿線に住んでいたわたしにとって、近いようでなかなか足を踏み入れる機会の少ない場所だ。

ああ、そういえば友だちのユキちゃんの家があったっけ……と、調べてみたらそれは洗足《せんぞく》。そういえば、この間お芝居を観に行った小竹向原《こたけむかいはら》の隣駅がたしか……それは千川《せんかわ》だった。

近いはずなのに馴染みのない千歳烏山・仙川。地図を開いて眺めていると、遠い記憶がフッと蘇った。……わたし、仙川に来たことがある！

それは小学六年生の春のこと。

「マホちゃんにピッタリな学校があるよ」

エッちゃんから中学受験を薦められたのだ。エッちゃんは四年生で私立小学校を中途受験して、小中高一貫校の学校に入学していた。私立の学校に通いだして、エッちゃんはグッと大人っぽくなった。同じ敷地内に中学生や高校生が通っているせいかもしれない。以前よりものびのびと勉強も遊びも楽しんでいるようだった。聞けば修学旅行や課外授業も行く場所、プログラムも公立とはずいぶん違う。受験を目指して休日返上で塾通いしていた頃は大変そうだったのに。

新しい世界を見つけたエッちゃんを少し羨ましく思っていた。

「マホちゃんみたいな個性的な子は、特色のある学校の方がいいと思うよ」

まるでどこかの塾講師のような。エッちゃんがすすめてくれた学校は、彼女が受験する際に志望校の候補に入っていた『個性をのばす』教育に力を入れている女子校だった。わたしはよく考えもせず、受験日まで一年もない中、突然〝受験生〟になることを決意した。

受講していた通信教育の先生も、学校の先生も、

「早い人は四年生から受験勉強をしているんだよ」

と賛成しなかったし、
父と母は、

「やりたいなら、やってみれば」

と呆れ顔。

さっそく知り合いのお姉さんに家庭教師を頼み、通信教育も〝受験コース〟に変更した。

しかし、お姉さんに質問するのは勉強よりもファッションのこと、大学で所属しているというチアリーディングのこと。ノートに練習したのは、お姉さんの丸文字の真似。通信教育の先生がわたしのために夏期講習を開いてくれたけれど、通っている間楽しみにしていたのは教室の近く

にあったお菓子屋さんのクッキーの買い食い。週末になると行っていた模擬試験も帰りに駅ビルにある「ソニープラザ」での買い物が目的になっていた。

試験日、テストに手ごたえはなかった。面接で「焼く、煮る、茹でる、炒める、揚げるの他の火をつかった調理法」を聞かれ「わかりません」。「〝蒸す〟でしょ」と言われ「あ、そうか！　蒸す、です」。

それでも合格発表の日まで『もしかしたら合格するかもしれない』という期待は最後まで消えなかった。

もちろん、わたしの受験番号はなかった。

学校のあった仙川に行ったのは説明会、受験日の二日間、合格発表の日の四回。

説明会の日の校門は、自分の輝かしい未来への入り口に感じた。

受験日の校門は、震えながらくぐった。

合格発表の日の校門は……とても冷たかった。「ナメんなよ」とでも言われているような気がして、合否を確認した後は振り向かずに駅へ向かった。

それからずっと仙川には行っていない。

受験に落ちたことはもちろん、塾の先生や家庭教師のお姉さん、受験費用を出してくれた両親にも面目無かった。エッちゃんに報告するのが恥ずかしかった。

仙川。実は無意識のうちに遠ざけていた街かもしれない。

# 三軒茶屋、アムス西武

早起きが大の苦手だったわたしが、二度寝もせず、母をてこずらせることもなく、出かける準備を始める日。それは大好きなミュージシャンのライブチケットの発売日だ。

中学生になって、それまでコツコツためていたお年玉やお小遣いを自分の判断で使えるようになった。とはいえ、オシャレな洋服はどこへ行って買ったらいいかわからないし、メイクなんてまだまだ。オモチャを欲しがるような歳でもないし……時々、ムースを買ったり、筆箱を新調したり、漫画を買ったりするのが慎《つつ》ましやかな楽しみ。そんな風だから、意外と懐が潤っていたのだ。高値だった海外のバンドのライブにも時々足を運んでいた。

一万円を握りしめて行く先は、三軒茶屋《さんげんぢゃや》。

アムス西武の一階、花屋の横にあるセゾンカウンター。朝八時半から並んで一〇時の発売開始を待つ。最初のうちは電話予約をしていたけれど、ろくに繋《つな》がらないので雑誌「ぴあ」で家に一番近いチケット売り場を探し、通うことになった。インターネットを使いこなす大学生になるまではずっとこの方法でチケットを取っていた。チケットの発売日は休日が多かったから、学校はサボらずに済んだ。

人もまばらな日曜朝の三軒茶屋。世田谷線の降り口は世田谷通りと２４６が交わる交番の目の前まで延びていた。キャロットタワーはまだ、ない。

世田谷線を降り、交番とマクドナルドの間にあるすずらん通りを抜けて、足早にアムスへ向かう。同じ方向へ歩く人が、皆ライバルに見えた。誰よりも先に、売り場へ並ばなきゃ……！

店内の電気が消えシャッターの閉まったアムス。ガラスの向こうに見える花屋では、赤や黄色の花たちが店員さんの出勤を静かに待っている。わたしも、セゾンのお姉さんが売り場のシャッターを開けるのを今か今かと待ちわびる。雑誌を読んだり（この時も大抵「ぴあ」を読んでいる）、お菓子を頬張ったり、前回の深夜ラジオの録音をラジカセで聴いたり無意味にバッグの中を探ったりしながらチラチラとガラス越しに店内の時計を見る。隣のオジサンも、新聞を読みながら腕時計を見ている。もちろん、携帯なんて、影も形も、ない！

ガラガラガラガラ……

シャッターが開いた！　座っていた人も、壁に寄りかかっていた人も、みんな一斉にシャキッと立ってシャッターの方向を向いた。ダラッとした行列が、急にギュッと縮まる。気の早い人はもう財布を握りしめて。わたしも急いで「ぴあ」をバッグに押し込んだ。前には先客が二人。彼らが買っている間に、チケットが売り切れてしまったらどうしよう。わたしの席が、ステージからどんどん離れて行くような気がした。ああ、次はもっともっと早く起きないと……！

ようやく買えたチケット。できたてホヤホヤ。ピンとした感触も気持ち良い。

「1992.6.2 THE BLUE HEARTS HIGH KICK TOUR FINAL 日本武道館」

二階席だけど、まあいいや。チケット、絶対になくさないようにしなくちゃ！

一言も交わさなかったし、いたのはほんの一時間くらいの間なのに、一緒に並んだ人たちがパラパラと帰って行くのは寂しい。また、ここで会えたら会いましょう。

寒い日も、暑い日も、並んだアムス。

帰りの世田谷線で、ホッと一息。バッグにあった「ぴあ」を取り出すけれど……もう読む所は残っていない。

並んでいる間に、「はみだしぴあ」までぜーんぶ読んでしまったのだった。

# 二子玉川園

　もし、過去にあった場所へもう一度行けるなら、高架になる前の豪徳寺駅と、九〇年代初頭の渋谷の街と、キャロットタワーのできる前の三軒茶屋と、二子玉川《ふたこたまがわ》園のドッグウッドプラザのフードコートに行きたい。

　豪徳寺駅では春にトンカツ屋の目の前に咲く桜でお花見を、渋谷ではバイトしていた駅前の109－2の社員休憩所から渋谷宝塚劇場を眺め、三軒茶屋ではマクドナルドの前にあったホームから世田谷線に乗りたい。夢でもいい。あの景色の中に行けたら。

　二子玉川ドッグウッドプラザは、わたしが初めて経験したフードコートだ。入り口をくぐるとタコス、インドカレー、ドーナッツ。吹き抜けの広場にひんやりと冷えた白い椅子とプラスチックテーブル。まだ小学生だったわたしはアメリカ映画のティーンみたいな気分で店の前をぶらついた。こんな所でいつかデートをしたら楽しいだろうな。年に一、二度しか来ない場所だったけれど、わたしの知らない、異国の雰囲気とオシャレさと多摩川から吹く風。そして、ほんの少しの裏寂しさをまとう場所、それが二子玉川園だった。

二子玉川園が日常になったのは、大学生になってからだ。通っていた美大の脇を通る駒沢通りの坂を下るとそこには「いぬたま・ねこたま」があり、その先に二子玉川園駅のバスロータリーがあった。その頃の二子玉川もまだ寂しくて、特にバスロータリーのあたりのうらぶれた雰囲気は都会から見放されたような場所で、ねこたま、ナンジャタウン……どのテナントもピンとこなくて。思わずうつむいて早足で通り過ぎたくなるような気持ちにさせた。

授業で業務用の工具や画材などが必要になると、その辺りにある東急ハンズに行くのだけれど、欲しいものが見つかったことがない。生徒の間でも「ニコタマのハンズは使えない」と有名で。結局〝シンタマ線〟に乗って〝渋谷のハンズ〟へ行くことになるのだ。

それでも、わたしは二子玉川園がキライになれなかった。若者が買い物をするような場所なんてろくにないけれど、花火大会の時とマクドナルドへ行くくらいしか用はないけれど。小さい頃に夢を見せてくれたドッグウッドプラザがあるから。大学でボーイフレンドができて、すぐにドッグウッドプラザのフードコートでデートをした。ドーナッツとコーヒーを買って。冷たい椅子に座って。

「うーん……まあ、こんなものか」

って感じだったけれど。

二子玉川園駅は二子玉川駅に名を変え、大学を卒業してしばらくすると、ねこたまとハンズが無くなったと聞いた。課題制作に追われる最中、フロアを行ったりきたりさせられる度「無くなってしまえ……!」と思っていたけれど。

二子玉川ライズ、蔦屋家電、ロンハーマン、フライングタイガー。

「ニコタマ」「フタコ」

は、いつの間にか気分の上がる地名になった。

でも、なんか違うんだよな。わたしが知っているのは〝二子玉川園〟なんだ。

もっと寂しくて、励ましてあげたくなるような場所だったんだ。

# 世田谷八幡宮のお祭り

世田谷線宮の坂駅が最寄りの世田谷八幡宮で行われる秋季大祭は、近所の小中学生にとって一年の中でも楽しみなお祭りである。

今では土日の休みに合わせて行われるが、わたしが小学生だった当時は九月一四、一五日と日にちが決まっていた。なぜか敬老の日でもあった一五日は毎年必ず雨が降るので、浴衣を着た女の子たちはドロドロになった土の上をおそるおそるゲタで歩いたものだ。あまりにも毎回雨になるので、女の子たちはみな浴衣は八月末の小学校の校庭で開かれる子ども祭りに着ることにしていた。

普段は閑散としている境内に、所狭しと出店の道ができる。型抜き、金魚すくい、りんご飴、くじ引き、アイドルの生写真。白熱灯が照らす店先は子ども心にもノスタルジックで、また、近所にもかかわらずどこからやって来たのかわからない、顔の知らない大人や子どもで溢れていて。その光景は大人たちに口を酸っぱくして言われた「変な人にはついて行かないこと」という忠告が妙にリアルに感じられて、楽しさの中にも緊張感があるのだった。

世田谷八幡宮には、〝ピヨコ〟がいるはずだった。幼稚園生の頃、旅行先で買った亀の子ども。家の机の下で、お弁当箱の中に入れて飼っていた。しかし、あまりにも元気で、毎晩、

ガサゴソ、ガサゴソ

と動き回るものだから、いくら小さくても狭い所で育てるのは可哀想だと父と母が相談し、

「世田谷八幡に放そう」

となった。三〇年以上前の話。

八幡様の池に放したはずのピヨコ。お祭りの喧噪を抜け池のほとりでひとり、目を凝らしてみたけれど、ピヨコはいなかった。

次の年も、その次の年も。

今でも八幡様に来ると「一応……」と、池を覗く。

近所の子どもたちが楽しみにしているもうひとつのお祭りが、ボロ市。ボロ市は休日、平日かかわらず一二月一四、一五日、一月一四、一五日と決まっている。

毎年、年末年始になると皆がソワソワし始めて、今年は誰と行こうか、何を買おうか、食べようかと教室でも話に華が咲く。

しかし、わたしはボロ市へは一度も行ったことがなかった。

わたしが生まれるずっと前に祖母はボロ市へ行ってインフルエンザに罹ったことがあり、それから家族全員、ボロ市を警戒するようになってしまっていたのだ。

「ボロ市へは、行かないほうがいいよ」

一ヶ月以上寝込んだ祖母は、ボロ市の季節になると言う。

わたしにとってボロ市は、とんでもない風邪の菌の親玉みたいなものが潜んでいる冬のお祭り。

初めてボロ市へ足を踏み入れたのは、二〇歳過ぎてから。

大勢の人混みをかき分けて、温かいココアを飲んだ。思った以上にボロ市は大きくて、賑やかで、驚いた。……そして、本当にボロ布を売っていることにも、感動した。

それから毎年ボロ市に足を運んでいるが、今のところ一度も、ボロ市でインフルエンザをもらったことはない。

# 渋谷

新刊『リバーズ・エッジ』の発売日、高校一年生だったわたしは終業のチャイムと共に教室を飛び出し、東横線都立大学駅から渋谷へと急いだ。早《はや》る気持ちそのまま走行中の車内でも歩を進め、先頭車両一番前のガラスに体当たりさながらに辿り着いた後は手すりをグッと握り線路の向こうを睨んだ。もう少しで読める、もう少しで読める！

『リバーズ・エッジ』はファッション誌「CUTiE」に掲載されていた岡崎京子の連載漫画だ。毎月の連載も欠かさず、掲載誌を何度も読み返していたのに、何故こんなに単行本を待望したのだろう。何故、他の街の本屋ではダメだったんだろう。一九九四年六月のわたしは、一心不乱に渋谷を目指していた。

東横線を降りて銀座線を脇に見ながらモヤイ像の出口を出る。東急プラザの五階、紀伊國屋書店。その日は服装に気をつけた。渋谷で岡崎京子の漫画を買う女の子が、ダサい格好じゃ様にならない。

新刊のコーナーでひときわ輝く白い表紙に駆け寄って、迷わずレジへ進んだ。税込みで一〇〇〇円ちょうど。支払いの際、小銭入れを見て帰りの電車賃が足りないことに気づいたけれど引き下がることはできなかった。

東急プラザ前から出発する梅ヶ丘駅行きのバス運賃は二一〇円。財布には、一九〇円。ハチ公前の交番で一〇〇円を借りた。

借金した一〇〇円玉を握りしめ、急いでバスに乗り込み、陽の落ちかけている渋谷を後にした。バスが松見坂の交差点を過ぎたあたりで、わたしは本から目を離した。向こうに見えるビル「1983」の光るネオンを確認するため。あの建物がラブホテルだってこと、わたし、知ってるんだ。

家に帰るまでの三〇分で完読。家族と夜ご飯を食べた後に、もう一読。

二〇歳を過ぎて、やっと渋谷の街は臆せず歩くことができるようになった。年上の彼との待ち合わせは、決まってパルコの地下にあるリブロ。そこで「ぴあ」を立ち読みして映画の時間を調べ、シネマライズの『ラン・ローラ・ラン』とシネクイントの『バッファロー'66』と迷ってシネクイントへ。『ブレア・ウィッチ・プロジェクト』、『I love ペッカー』、『ゴースト・ドッグ』も観たいんだよね……そんな話をしながら。カバンには「relax」の最新号。夏にスクランブル交差点で郷ひろみがゲリラライブをして、大騒ぎになった。女子高生たちが押し寄せ、タクシーのボンネットがヘコんだとか。渋谷は若者、流行、事件、大衆となにかにつけて結びつけられていて敬遠していたけど、通ってみると不思議と懐が深くて、好きな街だった。レコード屋の並ぶ宇田川町界隈を音楽を知らないくせに気取って歩き、憧れの文化屋雑貨店でノスタルジーに浸る。センター街の地下には巨大な古着屋があるのはわたしだけの秘密。

映画の後はアプレミディでお茶。もうすぐ渋谷にスターバックスカフェができるらしい。スターバックスなんて『オースティン・パワーズ：デラックス』で観て知ったばかりだ。

二〇一一年の春の渋谷は、これまでに見たことのない渋谷の姿だった。スピーカーから流れる宣伝音楽も街頭ビジョンも消え、聞こえるのは足音と話し声、洋服のこすれる音ばかり。ネオンは光を落とし、薄暗い街は少しロマンティックだった。

脳裏に張り付いた津波の映像、続く余震、日々のニュース、繰り返される同じCM、インターネットは街を歩いていてもまとわりついてくるようだった。

渋谷駅の壁画は原子力の爆発を予言している……誰かの仕業で付け足された太郎の絵が話題になったのは、四月末。

「明日地震が起きたらいいのに」「刺激的な出来事が欲しい」

『リバーズ・エッジ』を読んでいた頃、毎日のように考えていたこと。

出産を控え、病院のある広尾まで渋谷発のバスを利用して通った。渋谷に毎週足を運ぶのは久しぶり。大きいお腹を抱えての人混みは少し勇気が必要だったけど、新しい渋谷の発見があった。渋谷ヒカリエは、子連れに優しい。百貨店のベビールームは、それまで知らなかった秘密の花園だ。生まれ変わり始めた渋谷駅の工事を上から眺めつつとる食事は無農薬。ＭＵＪＩの五階にはキッズスペースと託児所もある。

とはいえ、新しい渋谷駅はどうも勝手がちがう。人の流れが混濁して歩きにくい。そう思って最近は渋谷に用があると、小田急線代々木八幡駅を利用するようになった。すると八幡と渋谷をつなぐ神山通りが「奥渋谷」として賑わっていることを知った。新しいバー、本屋、古着屋が昔からある商店の間にいくつも現れている。少し前までは、少し寂しい通りだと思って早足で歩く道だったのに。夜遅くまでやっている店も多く、帰り道につい買い物をすることが増えた。

ここ数年は月に数回演劇に通うようになり、パルコや文化村などの劇場へも足を運ぶことが増えた。

観劇を終え、感想を言いながら食べる麗郷、月世界。とても美味しい。麗郷には故川勝正幸さんとの思い出もたくさんある。

# 加計呂麻日記

武田百合子『新装版　富士日記（中）』巻末エッセイ

## 2019年5月3日

午前九時半。新緑の街が人々を迎える準備をしている、右手にキャリーバッグ、左手に四歳になるひとり息子Bの手を握って待ち合わせの銀座駅前リムジンバスののりばへ急いだ。

保育園仲間のU子さんと子どもたちを連れて奄美大島にある加計呂麻島へのGW旅行へ行く計画を東松原の喫茶店で練ったのは二月。あの頃は、ふたりともセーターの上にダウンコートを着ていたのに。あっという間に出発の朝。

のりばには一〇人ほどの行列ができていた。U子さんと子どもたちの姿はない。

Bを植え込みのレンガに座らせ小さな牛乳パックを持たせた。横に腰を下ろして『富士日記』を開く。巻末エッセイの締め切りが連休明けに迫っている。

バスの出発五分前。U子さんが小学五年生の双子A太とH太、末っ子のコーちゃんを連れて現れ、大急ぎでバスに乗り込んだ。U子さんたちの荷物の多いこと。

「ハイ、これ。子どもさんに」

係員のお兄さんからくしゃくしゃにヨレたビニール袋を手渡された。中を覗くとカントリーマアム四枚。ワッと四人の手が伸びる。

「人数分あるから！　順番、順番！」

バタバタと、旅のはじまり。

機内で『富士日記』。以前読んだ際のメモが、本に直接書いてあった。

「デデが可愛い」だとか、「赤い半袖シャツにモンペの女相撲の如き体格の赤ら顔のおばさん」を丸で囲ったりだとか。相槌《あいづち》のようなものばかり。食事の覚え書きは食欲を刺激する。朝食は朝の気分で、夕食は夜の気分で読んでいるから不思議だ。朝食の和食に「のり」がついていると読んでいるこちらも嬉しい、時々のホットケーキが待ち遠しい。山芋を買った日はご褒美をもらったような気分。さっき空港のソファーで子どもに急《せ》かされながらファストフードを搔《か》き込んだのが、わたしの朝食。

Bがイツオモチャモラエルノ？　と話しかけてきた。機内の子ども向けサービスのオモチャを待っているらしい。今回は格安航空会社に乗ったのでお楽しみはない。

機内販売のカルピスをおもちゃの代わりに渡す。

奄美に到着。初日は名瀬の浦上にある家へ。亡くなった祖母・島尾ミホの住んでいた家。今は島へ滞在する時に家族が利用している。到着したら、祭壇に線香、ご近所に挨拶、ガスの開栓。ミホが亡くなって一二年が経った。

ご近所回りの際、隣の前山さんの奥さんが、

「海岸へ行く時は〝スケベ虫〟に気をつけてね」

と言っていた。服の間から忍び込んでくる小さな蚊の仲間で、最近被害をよく聞くそうだ。強烈に痒いとのこと。

夕食は近くにできたロッジ風の今っぽいレストランで。とても混んでいた。

帰ってから庭で花火。

たしか武田百合子さんからミホ宛の礼状がどこかにあったはず、と家の中を探し始めるが、A太、H太、コーちゃん、Bが家を駆けずり回っていたので探すのを止めにした。父がすでに鹿児島の文学館へ寄贈したような気もする。

5月4日

朝、トースターがないので食パンはフライパンで焼く。六枚の食パンを重ねて塔を作り、弱火

で。下のが焼けたら焼けた面を上に塔の一番上に乗せる。母のやり方。それを見てU子さんが「変な焼き方!」と笑っていた。

去年Bが入園した保育園で知り合ったのが、五歳下のU子さんだ。

旅行前、U子さんは失効した免許を取り直すと意気込んでいたが、結局教習所に通うことなく五月になった。

わたしも車の運転ができない。東京ではさほど支障はないが、島では困る。

しかし、父と母は島に来ても「車があれば」なんて少しも思わないようだ。

「家に車があるなんて、車検やらガソリン代やら不経済。事故も起きるかもしれないし」と、父は言う。

島に来る時のために取るよ、と言っても「よせよせ」。

島で運転手役を買ってでてくれるのは親戚のシズさん夫婦だ。この日もシズさんが車で迎えにきてくれた。生後半年になる娘のナツちゃんに海を見せたいと、助手席のナツちゃんと一緒に大浜海岸へ行くことになった。

海岸で、Bは濡れたまま水着で砂遊びをするのをイヤがって素っ裸になってしまった。砂浜のあっちこっちに尻の跡をつけて遊んでいる。

海岸に室内プール場が隣接していると聞いて、A太が「行きたい! そっちの方が絶対にいい！」と言い出した。総勢八人で移動。

しかしそこは、A太の想像している流れるプールやウォータースライダーがあるようなレジャープールではなく、中では「八〇代いきいきスイミングサークル」が水中体操に励んでいた。ガックリ肩を落とし建物を出るA太にH太が「東京で行こうぜ」と、励ましていた。

昼食に郷土料理の鶏飯を食べて、古仁屋《こにや》港に向け出発。

わたしが高校生の頃は、古仁屋まで山道をいくつも越え三時間はかかっていたが、ここ数年は来る度にトンネルが増え、古仁屋まで九〇分ほどで着くようになった。途中、自衛隊の大きなジープとすれ違う。名瀬港に停泊している豪華客船の乗客が乗った大型バスともすれ違った。

古仁屋港からフェリーに乗っていよいよ加計呂麻島。古仁屋港加計呂麻の瀬相《せそう》港まではフェリーで二五分。瀬相には、宿のおかみさんがバンで迎えに来ていた。

加計呂麻の宿は、部屋から出るとすぐそこに砂浜がひろがっていた。荷物を放り出し、一番に水着になって海へ駆け出すA太。

5月5日

朝、唐突にU子さんがトランクから一メートル三〇センチほどある鯉のぼりを出し、部屋の入り口のフックに引っ掛けた。わざわざ家から持って来たのだ。

「男の子の日だから」

と、嬉しそう。

午前中は海岸で貝殻探し。コーちゃんは打ち上がった珊瑚を箸置きにすると言っていた。B、今日は水着を着ている。今度はコーちゃんがパンツを履いていない。

A太とH太は宿のレンタル品である大きな黄色いカヌーを出してきて、浅瀬を漕いでいた。決して沖まで行ってはいけないと言い聞かせたので、それを守って浜辺のすぐそこを行ったり来たりしている。陸の上にカヌーに乗り上げているような写真しか撮れなかった。

わたしは部屋に『富士日記』を取りに戻った。

浜辺でU子さんが持って来たレジャーシートの上で文庫を開く。

ちょうどポコの死の一年後あたり。一周忌の気分で読むが、もう五〇年以上前のことなのだ。半世紀前の死を悼み、半世紀前の食事にお腹を空かせている。

昔の人の話をする時、父は諦めたように「もう、みんないないよ」と言うけれど『富士日記』を読んでいるとそんな気もしない。生きていたって、自分が存在していないような気分になる時がある。もういない人や物が、生き生きとしたオーラを放つことだってある。

ウチの犬・マクは半年前に死んだ。マクは奄美でミホに育てられ、ミホの死後お骨と一緒に東京世田谷にある我が家へひきとられた。浦上の家にはまだマクが暮らしていた犬小屋がある。

父の「犬は犬らしく」の信条から、マクは東京でも庭の犬小屋で過ごした。春夏秋冬、どんな台風の日も、大雪の日も。「悪天候の時は玄関先でも……」と言っても父は「クセになる。かえって犬には不幸だ」と受け付けなかった。

わたしの中にいるマクは、死ぬ前の小さくなったマクじゃなくて、いつも舌を出して、落ち着きがなく、アチコチにおしっこをひっかけて。トカゲを猫のように追いかけるお茶目なマクだ。

一八歳。老衰だった。

「オフロハイルー」

Bとコーちゃんが駆け寄ってきた。A太とH太もカヌーを浜にあげて、こちらに歩いている。

空が曇り、風が少しつめたくなってきた。子どもたちは玄関先で裸になり、次々とコンクリートの風呂釜に飛び込んだ。天井にぶら下がったままの大きなアシダカグモの死骸。薄暗い風呂場に曇りガラスから差し込む陽の光。

やーさしーさにーつつまれたならー
風呂場の合唱を聴きながら、

「チンチンが四つもあると飽きるね！」

と、U子さんが言った。

日記の中で泰淳さんが〝ビールのおしっこ〟をしながら言った〝松茸ェ。マツタケエ〟を思い出す。

昼寝用に布団を敷き、お兄ちゃんたちは将棋を始め、下の子たちはまどろみだした時。

「カヌーが流されてるぞ！」

外で叫び声がした。

急いで飛び出すと、A太とH太が遊んでいた黄色いカヌーが海の向こうの方にプカプカ浮いている。潮が満ちて流されてしまったらしい。

叫んだのは宿のおじさんだった。どうしたらいいかと聞けば、もう一隻あるカヌーで取りに行きなさいと言う。まだ、そんなに遠くないから、と。わたしにはずいぶん向こうに見えたのだけど……取りに行くのが怖いとは言えなかった。

わたしとおじさんが話している間に部屋では揉《も》め事があったらしく、コーちゃんが泣きじゃくっていた。カヌーの件を伝えると、A太とH太が「俺たちが行く！」と立ち上がった。U子さんは「じゃあ、お願いね」なんてのん気に言う。あんな沖の方に、子どもをやって良いのだろうか。迷った末、わたしもカヌーに乗り込むことにした。A太が水着に着替える横でH太はなぜか「おれは裸で行く！」と服を脱ぎ捨て、裸にライフジャケットを羽織った。

大声で泣き続けているコーちゃん、U子さんはそれにかかりっきり。息子のBといえば、わたしの足にしがみついている。

「Bモ、ノル！　イッショガイイ！　カーカトガイイ！」

流されたカヌーはどんどん小さくなっていく。四歳を連れて沖へはいけない。

「ここで、コーチャンのママと待ってて。カーカは絶対に帰ってくるから！」

Bを無理やり剝がして、A太とH太が漕ぐカヌーの真ん中に乗って出発した。

雲はさらに厚くなってきた。雨雲が遠くに見える。

アーン、アーン、アーン！

遠ざかるBの泣き声。

もし、転覆したら。もし、A太とH太が流されてしまったら。Bを残してわたしが溺れ死んでしまったら。気づくと手に冷たい汗をかいていた。少しでも動くと船体が左右にユラユラ不気味に振れる。

漕ぎ出してから五分もしないうちに海に浮かぶ黄色いカヌーに手が届いた。おじさんの言う通り、子どもでも来られる距離だった。

カヌーを携え、ゆっくり、慎重にUターンしてわたしは浜辺でBと抱き合った。ふたつのカヌーを置き場に納め、フルチンのH太は満足そうに、投げ出した洋服の砂を払って着替えていた。

あんなに激しく泣いていたコーちゃんは布団でスヤスヤと寝ていた。その横にわたしたちも寝そべり、U子さんにたった今経験したあっという間の冒険を話した。そうしているうちに、A太とH太も、Bも、眠りについた。U子さんの鯉のぼりが、何事もなかったかのように静かに揺れている。

夜、初日に余った花火を浜辺でひとり一本ずつ。

コーちゃんは夜中にオネショ。

## 5月6日

帰る日。

昨夜、朝一番の出発と言ったら宿のおかみさんがアルミホイルに包んだ軽食を持たせてくれた。

フェリーには、行きに見かけたおじさんが同じ席で目をつむって座っていた。

客席の端っこにある座敷のスペースであぐらをかき、みんなで宿からもらったアルミホイルを開けた。オニギリは胡麻《ごま》油を塗ったごま塩と梅干しの入ったもの、たくあん、つきあげ、りんご一切れ。

船内のテレビでは、今日は突発的に雷雨がありそうとの天気予報。

乗船料、三六〇円。

加計呂麻島はみるみるうちに海の向こうへ消えてしまった。

そして窓の外の白い海を眺めている時にふと、マクもポコのように我が家の業を持って逝ってくれたのだろうか、と考えた。

# あの日の贈り物

実家の居間にある透明のプラスチックケースの中には、ワインレッド、グリーン、マンダリンオレンジ、ゴールド……様々な色のリボンが蛇のように絡み合っている。コットン、シルク、ベロアなど、素材もそれぞれ。すぐそばの戸棚には、筒状に丸められた包装紙がしまってある。懐かしい一〇年、二〇年選手も。これらはすべて、贈り物から母が集めたもの。

白地に紺の和柄の包装紙は今は無き銀座の老舗で、赤いリボンは○○さんからの外国土産にかかっていた……。「何かの時に」と使うつもりでとっておいたリボンや包装紙たちが、時間の魔法で思い出のアルバムに姿を変えていた。整理しようとしても、手にとればすぐに思い出がよみがえる。そして、ひとつも捨てられないまま、また元の場所へ。そういえば、亡くなった母方の祖母の引き出しもリボンでいっぱいだったっけ。

そんな我が家のことだ。お菓子の缶や小箱も、もちろん天袋の中で息をひそめて出番を待つ。眺めるばかりだったそれらに、最近活躍の場が与えられた。息子の工作に、拾って帰ってきた石や木の実の入れ物に、折り紙に可愛いリボンを添えて大好きな女の子へのプレゼントに。

どんぐり遊びの度に箱からほんのりチョコレートの香り。
贈り物は空っぽになってからも、楽しみがたくさん。

# ばんちゃん、歩く。

子の出現によって、日の出を見届けて寝るような毎日から、日付をまたぐ前には床につくのが当たり前の生活になった。それでも我が息子は他の子に比べれば朝寝坊。八時過ぎに起きだす我が息子は他の子に比べれば朝寝坊。それでも一緒に起きるわたしは朝起きて時計を見るたび感動する。「まだ八時！」ようやく〝真人間〟の入口に立てたような感慨に浸る。「また今日も起きれたではないか……」。コーンフレーク、おにぎり、昨晩の夕食の残り。慌ただしい朝は火を使わない食事で家を出る。まだエンジンのかかっていない息子は、小猿のようにわたしにしがみついたまま階段を降りて、駐輪場で自転車の後部座席にドンッ！　と座らされると反射的に手すりを握って「しゅっぱつしんこう！」。

近くの大学に通う学生たちの背中をグングン追い越し、向かうは保育園。〝ママチャリ送迎〟の風景の中に、わたしがいる。

毎朝一五分かけて自転車登園。電動自転車を使っていないので、なかなかの運動量である。

「かあか」

わたしは息子にそう呼ばれている。

「かあか、これなに？」

「かあか、がんばれ」

「かあか、〝さんだばーろ〟うたって」

自転車を漕いでいる間、ずっと後ろから激励やら注文やらが飛んで来る。

一三キロのおしゃべりな重りを保育園でおろして、一日が始まる。

時刻は九時半をすぎたところ。

ほんの四、五年前の怠惰な生活を送っていた自分は、一体どこへ行ってしまったのだろう。


一八時半までに迎えに行くのが決まりとなっている。一八時を過ぎた頃の園の玄関は駆け込む親たちでバタバタと忙しい。

後ろに息子がいない軽い自転車は思わず運転が乱暴になる。ガタンガタン！　ゴトン！　ザザーッキーッ！　荒々しく自転車を保育園の横につけたと同時にゴミ出しの園長先生と目が合った。乱暴運転を見られていたようだ。思わず、苦笑い。空は淡いブルーとオレンジ色が混ざっていた。

保護者用カードキーを使って自動ドアを開けると子どもたちの高い声とアチコチで鳴り響く足音、そして独特の香りに包まれる。

大人だけの社会とは違う、ここにしかないエネルギーが渦巻いている。

汚れた衣服と食事タオルをバケツから取り出し、今日一日の報告が書かれた連絡帳を受け取って、息子の名前を呼んだ。

「おーい！　ばんちゃん！」

「はーい！」

「帰るよ！」

返事は元気。まず、

「帰る前に片付けだよ」

「あ、これ、カンカン、おもしろーい！」

カンカンとは電車のこと。

「ほら、片付けないと帰れないよ」

「ねー見てー、見てー、見てー」

「ばんちゃん、積み木、ここに〝ナイナイ〟でしょ？」

「見てー、見てー」

積み木、おままごと、人形、ブロック……こちらで分けて、息子の小さい手に摑ませ、

「ハイ、これをおどうぐ箱に入れて！」

片付けが終われば靴下探し、下駄箱の前で友だちと追いかけっこ、そしてようやく靴を履いて

……。

「サヨナラ！」

「はい、今度こそさようなら」

挨拶しては遊び、挨拶しては遊びを繰りかえして、先生とは何度目かの「バイバイ」。

やれやれ、やっと外の空気が吸えた。空はすっかり群青色。黒い烏《からす》が上を横切る。

最近ますます体力のついてきた息子は、帰りの自転車を拒否するようになった。まだ遊び足りないのか、かけっこが楽しいのか、はたまたわたしの運転に文句があるのか。一度言うときかない彼は、保育園の玄関をパッと駆け出して朝に来た道を全力で走っていった。

「よし、帰ろう。さあ、カーカのサンダーバード号に乗りましょう」

「ヤダ、ばんちゃん、あるてかえる」

弦巻、一八時半。歩いて家まで帰ることになった。

横へウロチョロ歩く息子に注意を払いながら、自転車をひく。

仕事帰りや学校帰りの人々が足早に、同じくお迎えのお母さんが自転車の後ろの子どもとおしゃべりしながら、スーッとわたしたちを追い越していく。

ああ、うらやましい。自転車に乗ることができていれば、あと数分でわたしたちは家のドアを開けているはずなのだ。

保育園周辺は、一〇代から馴染みのある住宅街。中学時代の受験勉強はすぐ近くの中央図書館で、一五歳でピアスを開けたのもその並びの整形外科。上野毛にあった大学への自転車登校の通過地点でもあったし、初めてのボーイフレンドが住んでいたのも隣町だった。

「かあか！」

大きな道路に出たところで、息子がわたしを呼んだ。

「なあに？」

彼は目の前に止まっているバスを、指さした。

「ブーブ、だれも、のってない」

「本当だ、お客さんいないね」

「うんてんも、だれも、ひとりも、うんてんせきも、いない」

知る限りの言葉をたぐり寄せながら話している。わたしもこんな風に話すようになったのだろうか。「カンカン」「ブーブ」「ナイナイ」などの幼児語を使う息子を見て、母は「マホは小さい頃こんな言葉使わなかったわよ」と、言う。両親にとっては、孫と比べる対象は四〇年前の娘しかいないらしい。息子は息子なりの伝え方で、主張する。

目を凝らすと、たしかに運転席にも誰も座っていない真っ暗なバスが信号待ちをしていて、わたしは一瞬ドキッとした。

「え……!?」

信号の色が変わり、幽霊バスが走り出す。バスは、前のトラックに牽引《けんいん》されていた。

「なーんだ、ばんちゃん、バスは前のトラックがひっぱってたよ」

「だれもいなかったー」

半分くらいの道のりを来たところで、わたしは暑くなってコートを脱ぎ、自転車の前カゴに押し込めた。

「ストップ!」

「車に気をつけなさい!」

「これ! 前を見て! 見ーて! 見ろ! 見ろってば!」

人目も憚《はばか》らず声を張り上げ、自転車を放り出して息子の首根っこを掴む。息子の体が車の下敷きになる映像がパッと脳に映し出され、内臓が震える。

夜道でも黄色が眩しいミモザを眺める暇もなく、息子の背中を追う。

上着を脱いだものの、汗をかいたうなじに風があたって寒い。いくらか過ごし易くなったが、脱いだり着たり、調節が難しい。

あの日、わたしは服選びを失敗した。

新調した春のコートが嬉しくて、暖かい陽射しに油断して、薄手のコートと裸足にパンプスで出かけてしまった。

出版社の地下にある食堂でパソコンに向かい仕事をしていると、ユラユラと目眩が襲った。自分の身体に何が起きたのかと思い顔を上げると、食堂にいる人たちが皆顔を上げ、テーブルや椅子をつかみ、そのまま硬直している。素人の、タイムストップの演技を見ているようなわざとらしい動きに感じた。

「これ、大きいね」

観葉植物が風に棚引くように葉を揺らし、天井からぶら下がる照明がカランカランとぶつかり合って鳴った。

「テレビ、テレビのボリューム！」

誰かが叫んだのを聞いて、ネクタイ姿の男の人が中腰でテレビに近づき、チャンネルをNHKに合わせてボリュームをあげた。

食堂の隣にある写真部から、わらわらと脚立を持った人が出てくる。ああ、この人たちはこれから〝仕事〟なのか。

家が焼けたまま津波にのまれている。人が流されている。まるで、子どもの頃に遊んだ砂場の泥遊びのように、海が流れ込み、すべてを一瞬で決壊させている。食堂のテレビからはそんな映像が映し出されていた。

全員が呼吸を忘れ、言葉も忘れた。耳と目は奪われ、口はまるで用をなさなかった。

一時間もすると普通に仕事を始める人も現れるようになる。余震があると机の下に潜って打ち合わせをしていて、思わず笑って写真を撮った。わたしもこの状況で締め切りに追われてまだ原稿に向かっている。

様子見のつもりでそこに留まったのが良くなかった。地震発生後二時間ほどで交通機関はマヒし、帰宅困難者で道があふれている、と編集者が教えにきてくれた。

「使えるかわからないけど」

と言われて渡されたタクシーチケットを手に、地震後初めて屋外に出た。

どこから出てきたのかもわからない大人たちがわらわらと歩いている。最寄り駅に背を向けて少し歩いて遠巻きに地下鉄の入口を見ると、人が次々と引き返してくる。どうやら電車は止まってしまったらしい。タクシーはどれも回送か客が乗っていて、捕まえられそうにない。わたしは決意をして、歩みを進める人たちの波に合流した。

数日前、同じ場所から自宅へ友人の車で送ってもらっていた。その時見た景色を頼りに帰ることにした。通信障害でスマホは役に立たなかった。

たしか、神楽坂から新宿、初台、環七を通って若林、豪徳寺……というコースだった。

冷たい風が足首から冷やしていく。果たして最後まで持つだろうか。一駅分ほど歩いた商店街の靴屋で、スニーカーを買う女性を見て迷ったが、手持ちの現金がなくなる不安を感じて留まった。新宿まで、まだしばらくありそうだな……そう思った時に後ろから声がした。

「マホちゃん⁉」

懐かしい顔だった。高校時代のクラスメイトだ。

「オババ！」

オババは久しぶりに呼ばれた自分のあだ名に面食らっていた。そうだ、わたし、高校の頃オババだった。そんな風に思ったのかもしれない。

一〇年以上会っていないオババとまさかこんな所で会うなんて。

「会社がこの辺でさあ……あ、学校の友だち、会ってる？」

その時は、オババ、ずいぶんノンキだなと思ったけれど、もしかしたら急に現れたわたしに無理をして話題作りをしてくれていたのかもしれない。

「ユキちゃんとは今も仲良いよ」

わたしもノンキに返事をした。地震の話は、しなかった。思い出話をしているのはもちろんわたしたちぐらいで、周りの人たちは皆一文字に口を結んでひたすら歩いている。

陽がゆっくりと落ちてきた。話題が尽きると、オババも黙ってしまった。オババもたしか世田谷だったな、最後まで一緒だったらどうしよう。そんな風なことが頭をよぎったあたりでオババが、

「わたし今、代々木に住んでるの」

と、分かれ道の方を指さして言った。わたしは少しホッとしてフライング気味に手を振った。

「そうなんだ、じゃあ、気をつけて……またね」

「うん、またね」

これからさらなる地震が起きるかもしれないのに、状況は悪くなるばかりなのに、昔の友だちとの気まずさを気にして。わたしって、おかしいんじゃないだろうか。

新宿の街に溢れる人々は、難民さながらだった。携帯片手に立ち尽くす人、ひたすら帰る手だてを探す人、大型ビジョンの災害情報に見入る人。人間の動きがいつもとはまったく違う。目的を失うと、人はこんなにも情けないものかと哀しくなった。

ひとりはやはり心細い。わたしは急に不安になって新宿で働く友人の会社を訪ねた。近所に住む彼女と一緒に帰ろうと考えたのだ。しかし、会社には数名しか残っておらず、彼女は地震発生直後早々に帰宅したとのこと。もうとっくに家についていることだろう。

誰かと運命を共にするのは諦め、わたしはまた歩いた。家には誰かいるだろうか。家族は、犬猫は無事だろうか。部屋はどんな風になっているのだろう。

文化服装学院の前の通り、車から見た景色を思い出した。

車に乗せてくれた友人……わたしは彼のことが好きだった。その時はたまたま連絡をくれて、近くにいるからと車で迎えに来てくれて、食事をして家まで送り届けてくれた。

「また電話するね」

そう言って別れたが、彼から連絡が来る気配はない。普通、こういう時は大切な人の無事をいの一番に確かめるものなんだ。こんな形で気持ちを知りたくなかった。甲州街道を歩き始めたけれど、彼の住む家の近くを通るのがとても憂鬱だ。

途中、明かりのついたオフィスビルのガラス越し、ロビーにあるピンクの公衆電話を見つけた。この時携帯は繋がらず、どこの公衆電話も長蛇の列だったので、わたしはスッと歩く人たちの波から外れて、忍び込むようにビルへ入った。女性が受話器を置いたところで、わたしはすぐに小銭を用意した。

両親は携帯を持っていない。繋がるとしたら自宅の電話だけ。

ブッブッブッブッブッブ…………

家には誰もいなかった。

心を無にして、そそくさと幡ヶ谷を通り過ぎ、環七へ。馴染みの道が現れてようやくゴールが見えた気がした。

見たことのある建物。つい一、二年前に高校の同級生Sくんがスキー事故で亡くなった時に集まった斎場だった。突然の死への悲しみと、参列者の懐しい顔ぶれに思わずこみあげる楽しさが裏腹に。たしか、あの時オババはいなかった。

Sくん、今日すごい地震があったんだよ。

ロビーを開放しているライブハウスでトイレを借りて（ロビーに大型犬と飼い主の老夫婦が避難しにきていた）、少し歩くとようやくいつもの大通りを見つけた。梅ヶ丘駅、大量のミネラルウォーターを抱えてコンビニから出て来るオジさん、この状況で大笑いしている若者二人組……歩く、というより景色が通り過ぎているような。

公園の時計は二二時五〇分。一七時過ぎに神楽坂を出て、家についたのは二三時を過ぎた。母は新宿から夜中にようやく動き出した電車で帰宅し、父は次の日まで帰ってこなかった。後日、コートのポケットの底にクシャクシャに丸まっていたタクシーチケットが見つかった。

うんしょ、うんしょと息子と歩いて、世田谷通りに着いた頃には街はすっかり夜に仕上がっていた。車のテールランプを見て、

「チカチカ」

と喜ぶ三歳。こちらはもう「クタクタ」。

お弁当屋の前にいる犬を見て、

「ワンワン！」

駆け出したと同時にバタッ！　息子は思い切り転んでアスファルトにオデコを打ち付けた。駆け寄らなければならないはずがわたしは、

「しめた！」

とつぶやいた。エンエンと泣き出す息子。案の定、

「抱っこー抱っこー」

顔を真っ赤にして大泣きする息子を持ち上げ、自転車の後部座席に座らせた。お尻に座布団、背中にクッション、膝かけもある。乗りたがらない理由がわからない。

「サンダーバードしゅっぱつしんこう！」

わたしの号令に息子はすすり泣きで応えた。

昨日と今日がまったく別のものになってしまった三月一一日。あの日、未来がなくなったと思った。

明日も、わたしは息子と保育園へ行くだろう。帰りも一緒に歩いて帰ろう。

明日がきたら、そうしよう。

# 春とコマ回し

「ロックダウン」がにわかに人々の間で囁かれるようになったのは三月中旬あたりだっただろうか。その新しい言葉に、無思慮なわたしは密かに高揚していた。一日、一日と人が街から消えていく。ガラガラの電車、品切れの札が下がった薬局。映画の世界に放り込まれたような、見えない敵との戦いの使命を与えられたような、そんな気分。長くは続かないだろう、大人しくしていれば夏には戻っているさ、そう思っていた。

四月になろうとする頃には「緊急事態宣言」が現実味を帯び始めた。間もなく息子の誕生日。彼は保育園で催される誕生会を心待ちにしていた。

わたしたちは、息子が三歳になってすぐ、認可保育園から雨天決行、終日屋外の認可外保育園に転園した。

息子は、月に一度の登山を楽しむたくましいケガ上等の男の子となった。

スーパーや薬局の棚が空になる光景をわたしは見たことがある。二〇一一年東日本大震災。あの時も、春を待つ最中の出来事だった。地震直後、コートの襟を立て五時間ほどかけて徒歩で家を目指した。途中、偶然にも高校の同級生と再会し、握手して抱き合い、お互いを励ましあった。

しかしウィルスが蔓延する今、それは許されない。

四月六日、息子の誕生日。無事に誕生会は開かれた。大人たちはマスク、園児も欠席が目立つ。

しかし息子は満面の笑みで小さな手を目いっぱい開いて「五さい」を主張した。

タンタンタンタン、誕生日♪

今日は楽しい誕生日♪

息子が記念に園児たちの前で披露した鉄棒は成功。コマ回しは、失敗。

そして、翌日。東京をはじめとする七都道府県に緊急事態宣言が発出された。保育園も、休園に。

それから毎日、息子は人通りの少ない道端でコマ回しを練習し、気候が暖かくなるのと時を同じくしてコマ名人に。それまでコマなど触れたことのなかったわたしも一緒に回せるようになった。静かで、少し寒くて、桜がいつもより長く咲いていた春だった。

# あとがき

昨日、卓郎《タクオ》さんの夢を見た。

卓郎さんは父方の祖父の異母兄弟の弟で、父にとって同い年の叔父になる。

京都の鞍馬口の小さな平家に一人で暮らしていた卓郎さんが亡くなったのは、去年一一月。連絡が来たその日に父は京都に駆けつけ、各種手続きと葬儀を済ませ数日後に東京へ戻ってきた。年始に京都へ両親、息子と行き、四九日法要を済ませてきたばかりだ。

夢の中でわたしは豪徳寺の実家で電話をしていた。電話の相手は卓郎さんだったような、そうでなかったような。その電話中に視線を上げると目の前に卓郎さんが現れ、わたしを見て、

「またケッタイな髪型にしたなァ」

とぼやいた。夢のわたしは特に変わった髪型をしていたわけではなかった。

「死んでもやかましいね、この人は」

と口ごたえしたところで、目が覚めた。「やかましいね」と言った夢の中のわたしは涙を流していて、起きたわたしも、泣いていた。

いつか、卓郎さんのことは書きたい（と思っていた）。両親とわたしを年金で招待してくれた京都のすっぽん料理屋でのこと、最初で最後、ふたりで食事した時のこと、文芸誌を読んだ卓郎さんにいい加減な文章を書いとるなと叱られた時のこと、そして一〇年前に出した本を「ようやった」と褒めてくれたこと。卓郎さんが書かれて喜ぶかは、わからないけれど。

「京都で買った包丁」は卓郎さんと存命だった卓郎さんの母・百合さんに初めて会いに行った時の帰りのエピソードだ。清水寺で父と撮った写真が家に残っている。紅葉の季節だった。この時百合さんが出してくれた牛肉しぐれ煮のレシピは今も我が家の定番メニュー。

卓郎さんと顔を合わせたのは数えるほどだったが、たまの連絡でお互いの近況を話し、気遣い合った。特に父とは毎度長電話だった。卓郎さんとわたしたちは、家族だったのだ。

父には長電話をする友人が他にもいた。美術作家の永井宏さん、編集者のYさん。皆、父との付き合いが長く、彼らの電話をわたしは小学生の頃から取り次いでいる。電話を取ると、彼らからは決まってまず世間話を持ちかけられた。

「最近は何が好きなの」

「学校楽しい？」

わたしの話を聞くというよりも、特に用事もなく父へ電話をかけてきていることへのきまりの悪さのような、そんな雰囲気をわたしは彼らから感じていた。一通り会話が終わると、ようやく切り出される。

「で、お父さん、いる？」

永井さんは元雑誌編集者で詩人でもあった。父より三つ年下で、ある時、葉山に居を移し、ギャラリーの運営や出版、詩の朗読の会などを主催していた。そんなロマンチストなイメージとは裏腹に、永井さんは子どものわたしにも際どいジョークを構わずに言う人で、電話を取って永井さんの声がすると、大人の会話ができるとワクワクしたものだ。永井さんの声はオシャレな声んだ。どこかのバーで語りかけられているようで、永井さんとの短い会話は、大人向けの雑誌をコッソリと開く時の気持ちに少し似ていた。数ヶ月に一度かけてくる電話だったが、いつからか永井さんは病を患い、一時間ほどの電話の後、父が、

「調子悪いんだって」

「入院するって」

と、母に話しているのを聞いた。わたしが電話を取り次いだときはいつものような軽いジョークを話していたのに。

「へぇ〜」

「ハッハッハ……死んでも変わらないんじゃない？」

「スケベなだけですよ」

父も相変わらずの会話をしているようだったけれど、後で様子を聞けば「結構大変らしいよ」とのこと。心配だね、と言えば「別に」と。

一〇年前に亡くなった永井さんだが、亡くなる少し前の電話でも二人の調子は変わらずだった。


「しかしアレだね、マホさんも、変わった親を持つっていうのは……大変でしょうね」

Yさんが電話をかけてくる時は大抵お酒が入っている。両親とYさんも付き合いが長い。Yさんは父の担当編集者。ニヤリと前歯を見せた顔が浮かぶ。

「そうですね……でも負けてはいられませんよ」

わたしの返答にYさんは嬉しそうだ。

「フム……フフフフ」

Yさん、大学時代アベシンゾーと同窓だったとか。

「同じシンゾーでもね、フフフフフフ……」

父の名前も、シンゾー。

「それで、お宅のシンゾーさんはいらっしゃる？」

いえ、留守です。そう答えると、

「じゃあ、お母さんをお願いします」。

わたしに友人、知人がいるように、父や母にも友人たちがいる。ごくあたり前のことだけど、どこか不思議な感覚もする。友人としての父と母は、どんな人なのだろう。今度、長電話のYさんにふたりの人物像を尋ねてみようか。


本書は、日経新聞「プロムナード」、雑誌「世田谷ライフmagazine」の連載記事、雑誌、文芸誌等に綴ったエッセイを纏めたものである。タイトル、表紙写真は二〇一九年に三軒茶屋生活工房での展覧会「家族って」から。この展覧会では幼い頃からの写真、工作、日記、作文などと、今の自分から見た家族をテーマに書いた散文を展示した。

独り身、妊娠、そして出産、両親と暮らした実家を産後離れ、息子の父親と三人暮らし、そして息子との暮らし。そんな風に暮らしが移り変わった二〇一五年から二〇二〇年までのエッセイ。

今、わたしの家には毎朝息子を保育園へ送りに息子の父親がやってくる。電動自転車で息子を送った後はわたしとふたりで他愛もない話をしながら朝食をすませ、彼は自分の家へと帰っていく。「思うままに」のY先生は、どんな暮らしをしていたのだろう。「娘の父親」とは、どんな関係だったのか。あの時先生に投げかけたクエスチョンの答えを、大人のわたしが探している。「我が家」とは、「うち」とは。かつて暮らした実家、今住んでいる家、息子の父親の家も息子にとっては「うち」かもしれない。かつて、わたしの帰る場所はひとつだった。

「ケーキの一件」の時と変わらず母は今も鋭い批評眼をわたしに向ける。

母は日経の連載を楽しみにしてくれていた。書いたものを褒められるのが嬉しいのは子どものころと変わらない。

「あれ、〇〇ちゃんのことでしょう」「今回の、良かったじゃない」

実家に顔を出すとすぐに機嫌良く感想を言う時は、好感触。なかなか話し出さない時は……案の定、

「今週のあの話、わたしはそんなに……」

母も一応気を遣って言い出すか迷っているらしい。最後まで伝えずにいたことなんてないのだけれど。

自分でも思い当たる節があるから、余計にため息。母曰く、

「マホちゃんはばんちゃん（息子）のことを書くと、パンチがなくなるわね」

「三軒茶屋、アムス西武」は当時連載していた「世田谷ライフmagazine」に掲載された。掲載

時はアムスを「SEIYU」、チケット売り場を「チケットぴあ」と誤記憶して書いていた。それに気づいたのは編集部に投書があったから。坪内祐三さんからの投書だった。

面識のない坪内さんからの葉書。わたしは坪内さんが世田谷育ち、しかもすぐ隣駅に住んでいたことを知らなかった。後に出版された坪内さんの遺作『玉電松原物語』を読み、合点がいく。坪内さんは誤記憶にシビアだ。エッセイでも他の人の誤記憶について言及していたのだ。そして、わたしが幼い頃に洗礼を受けた赤堤教会の敷地内にあるファチマのマリア幼稚園に、坪内さんは通っていた。坪内さんと話せる機会があったら、さぞ面白かっただろうにと思う。

「卒業前に」で校長室に軟禁された後、帰り道に声をかけてくれた楠見先生は「これは絶対に先生のことだ」とエッセイを読んだ元教え子から連絡がきて、急いで新聞を取り寄せたという。当時の連絡網の電話番号にダメもとでかけたら、わたしに繋がったと喜んでくれた。先生と後日自由が丘で待ち合わせをして、「梅華」でランチを、「ダロワイヨ」でケーキをご馳走になった。二五年ぶりに会う楠見先生は、その年に喜寿を迎えていた。

「パフ　ザ　マージック　ドゥラーゴン、リーブドゥ　バイ　ザ　シー」

授業で習った歌を、先生の前でいくつか歌った。ビートルズ、サイモンとガーファンクル、ジャクソン5。先生、まだ覚えていますよ。

当時、職員室の先生の足元に空のビール瓶があって、登校してすぐの先生の仕事はそれらを片付けることだと聞いたことがあった。先生、あれは本当だったんですかと聞くと、先生は「あぁ」とだけ言って笑っていた。先生は定年後、三軒茶屋のとある団体事務所で働いているという。よく前を通るビルの一階。

後日、通りすがりに思い切って入ってみると、先生は机に向かって仕事をしていた。

「楠見さん！　お客さん！」

「おう、来たね」

職員室によく先生を訪ねていた時のことを思い出した。そうだ、わたしは先生にずっと担任になって欲しかったんだ。

豪徳寺の西洋館「青いおうち」はわたしたちが立ち退いた後、保存を目指す人々による交渉により買い戻されることになった。

「解体を決めたのは大家さん」と、交渉を見守るだけだった父と母だが、報せを聞いて胸を撫で下ろしたようだ。

近々、新しい家主に空家となっている「青いおうち」を案内してもらうんだ、とカレンダーをながめながら会話をはずませている。

## 初出一覧

### 第一章　家族って

母になる私に………「文藝春秋」　文藝春秋、二〇二〇年九月
かた焼きそばの春………「日本経済新聞」（夕刊）二〇一六年三月一二日
おじいちゃんの節分………「日本経済新聞」（夕刊）二〇一六年一月三〇日
名瀬で一番古い家………「日本経済新聞」（夕刊）二〇一六年四月二日
家族旅行………「日本経済新聞」（夕刊）二〇一六年四月三〇日
気をつけなさい………「日本経済新聞」（夕刊）二〇一六年五月七日
青いおうち………「讀賣新聞」　二〇二〇年九月六日
卒業前に………「日本経済新聞」（夕刊）二〇一六年六月二五日
暗闇がこわい………「天然生活」二〇一五年三月
そば………「世田谷ライフ magazine」No.65　枻出版社、二〇一八年四月
鬼のいる公園………「世田谷ライフ magazine」No.63　枻出版社、二〇一七年一〇月
サザエさんの日常………「芸術新潮」　新潮社、二〇一六年九月
マヤとバドミントン………「日本経済新聞」（夕刊）二〇一六年五月二八日
チンピラの夜………「my LIFE my STANDARD」　マガジンハウス、二〇一六年五月
『とうさん　おはなし　して』を読む………『あのとき、この本』　平凡社、二〇一四年三月

ワコさんのタルト………「線と情事」第二号　NECOfan　二〇一三年一二月
小宇宙………「文學界」　文藝春秋、二〇一七年六月
マンマー………「映画芸術」　映画芸術、二〇一七年七月

## 第二章　そして、彼らと

ノンちゃんのお父さん………「日本経済新聞」（夕刊）二〇一六年一月二三日
カツマタさんのファッション………「日本経済新聞」（夕刊）二〇一六年三月五日
二〇歳の旅………「日本経済新聞」（夕刊）二〇一六年四月一六日
おマセなエッちゃん………「日本経済新聞」（夕刊）二〇一六年四月二三日
一四歳の選挙………「日本経済新聞」（夕刊）二〇一六年五月一四日
フクザツ………「日本経済新聞」（夕刊）二〇一六年五月二一日
真っ赤な口紅の女………「日本経済新聞」（夕刊）　二〇一六年七月二日
背中の文字………「GRAPHICATION」二〇一七年八月
明大前………「世田谷ライフ magazine」No.61　枻出版社、二〇一七年四月
本屋のある銭湯………「讀賣新聞」　空想書店　二〇一六年一月一七日
Tさんの家………「日本経済新聞」（夕刊）二〇一六年三月二六日

## 第三章　家族って、再び

豪徳寺を離れて………「世田谷ライフmagazine」No.54　枻出版社、二〇一五年八月
家族って
………展示「家族って　しまおまほと家族、その記憶と記録」展示原稿　生活工房ギャラリー、二〇一九年
初対面の相手には………「日本経済新聞」（夕刊）二〇一六年一月九日
ピクニック………島尾ミホ『海嘯』解説　幻戯書房、二〇一五年七月
鹿児島へ………島尾伸三・志村有弘編『島尾敏雄とミホ　沖縄・九州』鼎書房、二〇一五年二月
ケーキの一件………「kunel」　マガジンハウス、二〇一七年三月
歩く息子と………「翼の王国」　ANAホールディングス、二〇一六年七月

## 第四章　あの日、あの街

思うままに………「日本経済新聞」（夕刊）二〇一六年二月二〇日
Kさんからの便り………「日本経済新聞」（夕刊）二〇一六年二月六日
小さな生き物と………「日本経済新聞」（夕刊）　二〇一六年六月四日
京都で買った包丁………「日本経済新聞」（夕刊）　二〇一六年一月一六日
冬の寒さ………「日本経済新聞」（夕刊）　二〇一六年二月一三日

夢と現実の仙川………「世田谷ライフmagazine」№57　枻出版社、二〇一六年四月
三軒茶屋、アムス西武………「世田谷ライフmagazine」№58　枻出版社、二〇一六年七月
二子玉川園………「世田谷ライフmagazine」№60　枻出版社、二〇一七年一月
世田谷八幡宮のお祭り………「世田谷ライフmagazine」№62　枻出版社、二〇一七年七月
渋谷………「東京人」二〇一八年三月
加計呂麻日記
………武田百合子『新版 富士日記（中）』巻末エッセイ　中公文庫、二〇一九年六月二〇日
あの日の贈り物
………「FOODIE」VOL.7、伊勢丹新宿店、二〇二〇年四月二九日〜六月三〇日
ばんちゃん、歩く。………「すばる」　集英社、二〇一八年六月
春とコマ回し……「南日本新聞」（朝刊）　二〇二一年一月一日

しまおまほ

エッセイスト・漫画家。1978年生まれ。多摩美術大学美術学部二部芸術学科卒業。1997年に高校生のときに描いた漫画『女子高生ゴリコ』でデビュー。雑誌や文芸誌でエッセイや小説を発表するほか、ラジオのパーソナリティとしても活躍。2015年に第一子を出産。著書にエッセイ『まほちゃんの家』『マイ・リトル・世田谷』『ガールフレンド』、小説『スーベニア』などがある。

編集　荒木重光

# 家族って

二〇二一年三月二〇日　初版印刷
二〇二一年三月三〇日　初版発行

著　者　しまおまほ
写　真　溝端　貢（ikaruga.）
装　丁　小野英作
発行者　小野寺優
発行所　株式会社河出書房新社
〒一五一-〇〇五一
東京都渋谷区千駄ヶ谷二-三二-二
電話　〇三-三四〇四-一二〇一（営業）
〇三-三四〇四-八六一一（編集）
http://www.kawade.co.jp/

組版　株式会社キャップス
印刷　株式会社暁印刷
製本　株式会社暁印刷
Printed in Japan
ISBN978-4-309-02950-4